KASPAR COLLING NIELSEN

MOUNT KOPENHAGEN

AUS DEM DÄNISCHEN
VON GÜNTHER FRAUENLOB

WILHELM HEYNE VERLAG
MÜNCHEN

Die Originalausgabe erschien unter dem Titel
Mount København bei Gyldendal, Kopenhagen

Unter www.heyne-hardcore.de finden Sie das komplette
Hardcore-Programm, den monatlichen Newsletter sowie alles
rund um das Hardcore-Universum.

Weitere News unter www.heyne.hardcore.de/facebook

@heyne.hardcore

Penguin Random House Verlagsgruppe FSC® N001967

Copyright © 2010 by Kaspar Colling Nielsen
Copyright © 2021 der deutschen Ausgabe by
Wilhelm Heyne Verlag, München
in der Penguin Random House Verlagsgruppe GmbH,
Neumarkter Straße 28, 81673 München
Redaktion: Thomas Brill
Lektorat: Kirsten Naegele
Umschlaggestaltung: Johannes Wiebel / punchdesign, München
unter Verwendung von Motiven von shutterstock.com
(jumpingsack, phoelixDE, julymilks, Quirky Mundo)
Satz: Satzwerk Huber, Germering
Druck: Pustet, Regensburg
Printed in Germany

ISBN: 978-3-453-27171-5

INHALT

Der Pelikan 13

Der Tennischampion 21

Das Treppenhaus 41

Das Teleskop 51

Die Vogelmenschen 67

Kandierte Feigen 81

Magneto 91

Der Gartenwichtel 103

Die Verschwörung 111

Außerirdische in Valby 117

Der Vampir 129

Das Problem mit den Grönländern 139

Die Freude, einen Apfel zu essen 153

Der sprechende Mönch 159

Die Frau ohne Gesicht 167

Frühstück komplett 173

Magnetos Ende 185

Anmerkungen 207

Zu fliegen ist einfach

Ich stecke den Daumen
in die Nase
und mache ihn
zum Zentrum
der Rotation
meines Körpers.

Vor langer Zeit beschloss die dänische Regierung, einen Berg auf Avedøre Holme errichten zu lassen. Der Bau dauerte 200 Jahre. Am Ende ragte der Berg 3.500 Meter in die Höhe, hatte einen Umfang von 55 Kilometern und eine Fläche von 590 Quadratkilometern, was etwa 118.000 Fußballfeldern entspricht oder etwas mehr als der Fläche von Bornholm. Die kolossale Konstruktion reichte weit über das begrenzte Areal von Avedøre Holme hinaus. Sogar ein Teil der Meeresfläche vor der Insel wurde als Baugrund genutzt. Der Berg erhielt den Namen Mount Kopenhagen. Die Temperatur sinkt dort pro 100 Höhenmeter um ein halbes Grad. Sind es am Fuß des Berges null Grad, werden an der Spitze minus 17,5 Grad gemessen. Sie war deshalb die meiste Zeit des Jahres von einer dicken Eisschicht eingehüllt, und im Winter war der ganze Berg häufig schneebedeckt. Auch wenn eine aktive Rangercrew immer wieder vorbeugende Sprengungen unternahm, wurden die umliegenden Gemeinden regelmäßig von Lawinen bedroht. Besonders Hvidovre und Glostrup waren stark betroffen. Schnee und Eis schmolzen im Frühjahr und bildeten am

Fuß des Berges Bäche und Flüsse. Ein Teil des Schmelz-
wassers wurde über Kanalsysteme, die in den Fuß des
Berges gegraben worden waren, in die Køge Bugt gelei-
tet. Die Wassermassen waren aber derart groß, dass rund
um den Berg von ganz allein weitläufige Mündungsdel-
tas entstanden. Bei dem Versuch, die kolossalen Wasser-
mengen zu kontrollieren und die Überschwemmungen
zu reduzieren, erweiterte man den Damhus See um mehr
als zwanzig Kilometer, sodass er bis nach Greve reichte.
Das Mündungsdelta aber blieb, und in dem vielfältigen
Wasserlebensraum entwickelte sich ein guter Bestand an
Lachsen und Meerforellen. Die neuen Fischbestände
führten dazu, dass sowohl See- als auch Steinadler nach
Dänemark zurückkehrten und sich in großer Zahl am
Berg ansiedelten. Im Mündungsdelta bei Valby und Hvi-
dovre konnte man früh am Morgen in den alten Vierteln
an der Ellebjerg Å zusehen, wie die Adler sich ins Wasser
stürzten. Auch die Fliegenfischer standen dort und war-
fen ihre Schnüre in ruhigen, rhythmischen Bewegungen
aus, während sich im Licht der tief stehenden Sonne das
reiche Insektenleben tummelte.

Der Bau des Berges verschlang 600 Milliarden Kronen
und kostete private Investoren und staatliche Stellen schon
in der Planungsphase drei Milliarden Kronen pro Jahr. Es
gab ein umfassendes Vergabeverfahren, bei dem Privat-
firmen und der dänische Staat die Kosten für verschiedene
Teile des Berges gegen ein späteres Verfügungsrecht über-
nahmen. Die Investoren bildeten ein Konsortium, das
den Berg verwaltete. Allein die Wintersportaktivitäten im

Gipfelbereich stellten auf lange Sicht eine nicht zu verachtende Einnahmequelle dar. Und auch die Hotels in der Nähe erwiesen sich zu allen Jahreszeiten als äußerst beliebt bei Touristen und Einheimischen.

Menschen, die das Glück und Privileg hatten, sich ein Haus am Berg zu sichern, blieben oft über Generationen dort wohnen und wurden nicht selten zu eher eigenartigen, introvertierten Typen. Eine Dänische Bergziege, die perfekt an das harsche Klima angepasst war, wurde gezüchtet. Der Käse dieser Art sowie der Lachs und die Forellen aus den Wasserläufen waren kulinarische Spezialitäten, die unabdingbar mit dem Berg verbunden waren.

Im unteren Bereich lag ein weitläufiges Waldgebiet, das einmal um den Berg herumführte. Abgesehen von dem starken Gefälle unterschied sich der fruchtbare Wald mit seinen saftigen Buchen und Eichen nur wenig von anderen dänischen Wäldern. Stieg man den Berg empor, änderten sich Fauna und Flora. Schon in etwa 1.000 Metern über dem Meer wuchsen fast nur noch Kiefern und kleinere Büsche. Hier wurde das Tierleben von Wildkatzen, Adlern, Papageientauchern und Bergziegen dominiert. Ganz oben auf dem Gipfel gediehen nur noch kleine Pflanzen. Die einzigen Tiere, die in der kargen, vom Wind gepeitschten Landschaft überdauern konnten, waren Polarfuchs, Schneehase, Bär und die Dänische Bergziege.

Einige Grönländer siedelten sich weit oben in kleineren Gemeinden am Berg an, was gegen jegliches Verfügungsrecht verstieß. Sowohl Mærsk als auch der dänische Staat wurden deshalb aktiv, aber das Problem war nicht leicht zu lösen, denn es war ebenso schwierig wie zeitaufwendig, die neuen Siedler in dem riesigen Areal zu lokalisieren und gefangen zu nehmen.

Für die Wintersport- und Radfahrelite Dänemarks bedeutete der Berg eine wesentliche Verbesserung ihrer Trainingsmöglichkeiten, was zu Siegen sowohl bei den Olympischen Spielen als auch bei der Tour de France führte.

Eine Etappe der Tour de France wurde am Berg ausgerichtet, und ein bekannter Dichter und Radsportkommentator äußerte sich in diesem Zusammenhang wie folgt: »*Der Berg ist künstlich und kein natürlicher Teil der Landschaft, hat aber doch Bestandsrecht. Dieses von Menschen geschaffene, babelartige Ungetüm ist von der Natur akzeptiert worden. Es ist fast so, als bereite diese Skizze, diese künstliche Form, die Bühne für die wunderbare Natur, die mit all ihren Spielarten ins Licht tritt und sich zur vollen Schönheit entfaltet, sodass einem dieses Bauwerk immer weniger künstlich erscheint. Als wir heute früh hier heraufgefahren sind, haben wir eine Biberfamilie gesehen, die an ihrem Damm baute. Solche Szenen kennt man ja sonst nur aus den Rocky Mountains in Alaska.*« *Ergänzend fügte sein Co-Kommentator hinzu:* »*Ja, den Tieren scheint der Ursprung des Berges vollkommen egal zu sein, sie sind einfach hier.*«

Køge Havn war der Knotenpunkt der gesamten Gegend. An dem langen Hafenkai lagen Räuchereien und Fischmärkte, eine Vielzahl von Geschäften, Restaurants und Hotels. Hier legten auch die Besucher an, die mit Freizeitbooten, Fähren und den gelben Wassershuttles, die zwischen dem Berg und den größeren dänischen Hafenstädten verkehrten, über den Wasserweg kamen.

Der gewaltige Umfang des Berges und der Charakter des Bauwerks inspirierten ganz normale Menschen, ungeheuer ambitionierte Projekte zu starten, wie man sie seit der Depression 1930 nicht mehr gesehen hatte.

DER PELIKAN

Es war nicht vorherzusehen, dass der Arzt und Hobbyornithologe Jan Peter Lassen zu einer derart einflussreichen Figur der Weltgeschichte werden und wie niemand zuvor die Grenzen der Kategorie »Mensch« erweitern würde.

Schon seit er denken konnte, galt Jan Peter Lassens Faszination den Vögeln. Als Kind hatte er ganze Tage lang die Krähenschwärme beobachten können. Nicht weniger hatten ihn die Kormorankolonie und das Kohlmeisenpärchen im Garten fasziniert. Später fuhr er mit dem Rad jeden Tag zum Mount Kopenhagen, um aus nächster Nähe die Papageientaucher zu sehen oder schon früh am Morgen zu beobachten, wie die Fischadler im Delta auf Jagd gingen.

Als Jan Peter zehn Jahre alt war, verstarb plötzlich seine Mutter, und sein Vater bemerkte besorgt, wie der Sohn sich mehr und mehr verschloss. Jan Peter schien nur dann Freude zu empfinden, wenn er Vögel beobachtete oder am Mittagstisch von seinen Beobachtungen erzählen konnte. Als Jan Peter aufs Gymnasium kam, nahm er nie an irgendwelchen Festen teil, wie er sich auch weder für das eine noch für das andere Geschlecht zu interessieren schien. Jan Peter absolvierte seine Schule und beobachtete weiterhin das Vogelleben rund um den Mount Kopenhagen. Nach dem Abitur wollte er Ornithologie studieren, aber sein Vater überzeugte ihn nach einer längeren Diskussion, stattdessen ein Medizinstudium zu beginnen. Diese Entscheidung sollte Konsequenzen haben, die weit über Jan Peters eigenes Leben hinausgingen.

Viele Jahre später, Jan Peter war mittlerweile Ende dreißig, saß er nach einer Nachtschicht in seinem Sessel und schaute sich eine DVD über Stockenten an. Jan Peter hatte eine umfassende DVD-Sammlung über Vögel, die alphabetisch sortiert in zwei großen Regalen hinter dem Fernseher stand. Er liebte es, nach einem harten Arbeitstag Filme über Vögel zu schauen. Sie gaben seiner Seele Ruhe, damit er einschlafen konnte. Er hatte schon oft so gesessen, doch dieses Mal geschah etwas Außergewöhnliches. Gerade als ein großer Erpel auf seinen dünnen Beinen mühsam eine Böschung hochwatschelte, kam Jan Peter eine Idee, die ihn schlagartig verstehen ließ, was sein Vater mit dem Satz gemeint hatte, den er während Jan Peters Kindheit immer wieder von sich gegeben hatte:

»Man kann nicht alles haben, Jan Peter, manchmal muss man Entscheidungen treffen.«

Er war so überzeugt von seiner Idee, dass er schon am nächsten Morgen seinen Job als Orthopäde im Amager Hospital kündigte und sich den gesamten in die Pensionskasse eingezahlten Betrag auszahlen ließ, alles in allem 312.000 Kronen.

Von einem Tag auf den anderen begann Jan Peter ein am-
bitioniertes Trainingsprogramm, bestehend aus Spinning,
Yoga, Joggen, Rudern und einer radikalen Kostumstel-
lung, um auf diese Weise die richtige Zufuhr von Pro-
teinen und Kohlenhydraten sicherzustellen. Er trainierte
dreimal täglich, nur unterbrochen von vereinzelten Treffen mit einer Gruppe von Experten, die er eingestellt hatte. Darunter ein alter Schulkamerad, der sich mittlerweile
auf Hauttransplantationen spezialisiert hatte. Das inten-
sive Trainingsprogramm hielt er ein halbes Jahr durch, bis
der Fettanteil seines Körpers weniger als sieben Prozent
betrug. Sein Gesicht war schmal, und seine Züge waren
scharf geworden. Die Rippen zeichneten sich auf seinem
austrainierten Körper ab, und die Adern wanden sich
überall an seinem Körper über seine definierten Muskeln.

Jan Peter war in Topform, als er sich selbst ins Privatkran-
kenhaus Hamlet einwies. In seinem Gepäck eine Mappe,
in der er bis ins letzte Detail beschrieben hatte, welche
Eingriffe vorgenommen werden sollten.

In Übereinstimmung mit Jan Peters Plänen amputierten die Ärzte seine beiden Beine bis auf zwei kurze
Knochenstümpfe, die sie ein paar Zentimeter aus dem
Torso herausragen ließen. Des Weiteren entfernten sie
Hüften und Pobacken und ersetzten sie durch eine ebenso dünne wie leichte Carbonplatte. Sie amputierten die
untersten beiden Rippen und unternahmen eine Reihe
komplizierter korrigierender Eingriffe, um die Platzierung
und Funktionalität von Darm und Genitalien sicherstellen

zu können. Dann häuteten sie die beiden amputierten Beine. Die Haut wurde nach Jan Peters Anweisung zu zwei dreieckigen Stücken zusammengenäht. Diese Hautlappen wurden an jeder Seite der Wirbelsäule befestigt und mit der Unterseite der Arme verbunden, sodass er, wenn er die Arme ausstreckte, ein Paar gespannte Flügel hatte. Flügel aus lebendigem Hautgewebe.

Jan Peter überstand die Operationen gut und nahm bereits zwei Monate danach das Trainingsprogramm wieder auf. Nach sechs Monaten wurde er entlassen. Er wog 18 Kilo, als er wie eine kleine Gans zu dem wartenden Taxi watschelte. Gemäß seinem Plan fuhr er mit seinem letzten Geld direkt zum Mount Kopenhagen, wo er vom höchsten Punkt sprang, den er finden konnte.

Jan Peter schwebte über das Meer und sah die Fische als deutliche Schatten unter der Wasseroberfläche. Ein paar Möwen flogen über ihm und schrien ihn an. Er schlug mit den Flügeln und hielt sich mit überraschender Leichtigkeit in der Luft. Der Auftrieb war für seinen kleinen Körper beinahe zu stark, er musste all seine Energie und seine Konzentration nutzen, um nicht vom kräftigen Wind hin und her geschleudert zu werden.

Mit der Zeit wurde Jan Peter ein hervorragender Flieger. Er lernte, die thermischen Winde zu nutzen, und schwebte mit nur wenigen Flügelschlägen vom Mount Kopenhagen bis nach Hellerup.

Jan Peter ließ sich in der obersten Kuppel der Moschee auf dem Mount Kopenhagen nieder und flog jeden Morgen eine Runde über die Stadt. Aufgrund seines für einen Vogel kräftigen Körperbaus gaben die Kopenhagener ihm den Spitznamen »Pelikan«.

Nicht nur wilde Tiere lebten auf dem Berg. Jedes Jahr wurden dort auch Haustiere von ihren Besitzern ausgesetzt. Andere Tiere liefen weg und fanden dort ein neues Zuhause. Dies galt besonders für Katzen und Hunde. Die meisten dieser Tiere hatten ein schweres Schicksal vor sich, und die wenigsten überlebten länger als einige Monate. Nur ein paar Hunde kamen über längere Zeit mit den Bedingungen klar und ernährten sich vom Abfall der vielen Häuser. Die Hunde sammelten sich zu Rudeln von rund zwanzig Tieren, die für die Anwohner zu einer großen Last wurden. Die Hunde waren aggressiv, unberechenbar und Überträger von Hundewahn und anderen Krankheiten. Die Tiere wurden deshalb zur Jagd freigegeben und von den Rangern geschossen.

Anders erging es den Katzen. Sie störten niemanden, da sie im Verborgenen lebten und sich von Vögeln, Mäusen und Ratten ernährten. Natürlich überlebten auch nicht alle Katzen, aber einige Rassen waren in der Lage, genug Nahrung zu finden und auch die härtesten Winter zu überstehen. Zu diesen gehörten unter anderem die Norwegische

Waldkatze und einige domestiziertere Hauskatzenrassen. Obwohl immer nur wenige Tiere durch den Winter kamen, entwickelte sich mit der Zeit ein Wildkatzenbestand am Berg, der später als eigene Art anerkannt wurde und den Namen Dänische Bergkatze bekam. Die Dänische Bergkatze ist wesentlich größer als übliche Hauskatzen. Ein Männchen kann mehr als zehn Kilo wiegen. Der Pelz ist dick, besonders im Winter, und der Schwanz buschig und dicht. Die Farbe des Fells ist meist rotschwarz mit weißen Bändern. Die Pfoten der Dänischen Bergkatze sind kräftiger als bei üblichen Hauskatzen und dienen als »Schneeschuhe«. Die Dänische Bergkatze ist intelligent und opportunistisch, sodass sie selbst unter härtesten Bedingungen Nahrung findet. Schon häufig wurde beobachtet, wie die Katze in Seen und Bächen Fische jagt oder an den beinahe senkrechten Bergflanken Vögeln nachstellt.

DER TENNISCHAMPION

Stig Andersen war trotz seines fortgeschrittenen Alters noch immer ein ambitionierter Amateurtennisspieler. Als Achtzehnjähriger hatte er an den dänischen Meisterschaften teilgenommen, die er allerdings nicht hatte gewinnen können. Inzwischen war er zweiundvierzig und zwanzigmal in Folge Vereinsmeister des Rødovre Tennisklubs geworden, sah man einmal von der einen Niederlage im letzten Jahr ab, als er gegen den erst neunzehnjährigen Axel Schandorf verloren hatte. Neben dem Tennis war Stig Grundschullehrer. Er war mit Marianne verheiratet und hatte eine vierzehnjährige Tochter, Emilie.

Es war Sommer, und in wenigen Wochen sollte erneut die jährliche Vereinsmeisterschaft stattfinden. Der Rødovre Tennisklub lag ein paar Kilometer vom Mount Kopenhagen entfernt und wirkte umringt von der dichten, beinahe undurchdringlichen Buchenhecke beinahe wie eine grüne Oase. Ging man durch das Eingangsportal, das kunstfertig in die Hecke geschnitten worden war, und trat in den blauen, filigranen Schatten, den die Blätter warfen, hatte man den Eindruck, man beträte eine ganz andere Welt mit eigenen Geräuschen, Düften und Regeln. Mit einem Mal waren keine Autos mehr zu hören, und auch die alltäglichen Probleme schienen plötzlich weiter entfernt zu sein, als könnten sie die massiven grünen Mauern nicht passieren. Acht Ascheplätze fanden sich auf dem Klubareal, das von schmalen Kieswegen durchzogen wurde. Hier und da gab es kleinere Grünflächen mit jungen Birken. Die grünen Metallstühle des Klubs standen überall verteilt und zeigten, wo die Menschen tags zuvor Platz genommen hatten, um ein Spiel zu verfolgen oder im Schatten eines Baumes das Mittagessen einzunehmen. Die nach Süden gewandte Terrasse vor dem Klubhaus war der Treffpunkt für die Vereinsmitglieder. Von dort aus hatte man freien Blick auf Platz 1 und den dahinter liegenden Mount Kopenhagen.

In einem kleinen Verein wie dem Rødovre Tennisklub kannte jeder jeden, und alle wussten, dass das anstehende Turnier erneut zu einem Kampf zwischen Stig und Axel werden würde. Stig erinnerte sich noch, wie Axel als Liliputspieler angefangen hatte. Für kurze Zeit hatte er ihn sogar selbst trainiert, und als Kind hatte Axel wie alle anderen Klubmitglieder zu Stig aufgesehen und ihm den Respekt gezollt, der einem Vereinsmeister auch zustand. Stig hatte eine ganz besondere Aura. Er hatte alles probiert und auf höchstem Niveau gespielt – auf jeden Fall in Dänemark. Die Menschen im Verein redeten über ihn und sinnierten darüber nach, was aus ihm hätte werden können, wenn er nicht schon mit Anfang zwanzig diese ernsthafte Rückenverletzung gehabt hätte.

Mit den Jahren waren immer wieder gute Spieler in den Verein eingetreten, die Stigs Dominanz gefährden konnten. Doch er war ruhig geblieben und hatte das mitunter aggressive Serve-and-Volley-Spiel der Neulinge wie auch deren harte Rückhand einfach mit den Worten abgetan:

»… *sie haben nicht das Niveau.*«

Stig hatte sie alle geschlagen und schien dabei wirklich in der Lage zu sein, sein eigenes Spiel nach Belieben zu verbessern und jeden Angriff zu kontern. Wenn ein Gegenspieler einen Furcht einflößenden Aufschlag servierte, retournierte Stig einfach selbst härter und präziser als sonst. Und hatten sie eine Vorhand, mit der sie sich jeden Punkt sichern konnten, sorgte Stig dafür, selbst noch mehr Punkte mit der Vorhand zu machen, bis der Gegner nicht nur das Spiel, sondern sämtliche Kraft verloren hatte.

Stig wollte nicht nur das Match gewinnen, er wollte seinen Gegnern zeigen, dass er alle Facetten des Spiels meisterte und nicht einmal sein eigenes Spiel zu spielen brauchte, um als Sieger vom Platz zu gehen.

Bei Axel war das anders. Sein Sieg im vergangenen Jahr hatte die Machtbalance verschoben. Wenn Stig gemeinsam mit anderen abends nach dem Training auf der Klubterrasse vor dem Café saß, kam Axel manchmal in Begleitung seiner jungen und äußerst wohlproportionierten Freundin vorbei. Sie folgte ihm auf Schritt und Tritt, wobei sie beständig irgendetwas in ihr Handy tippte oder telefonierte. Im Gegensatz zu den früheren Jahren tendierte Axel jetzt immer häufiger zu spitzen Bemerkungen.

Einmal hatte er gesagt, dass Stig in seinem Alter aufpassen müsse, nicht all seine Kraft im Training zu vergeuden, um bei der Meisterschaft noch mithalten zu können. Ein anderes Mal hatte er ihn gefragt, ob er ein Kissen für seinen Rücken brauche, um dann eigenhändig eines zu holen und Stig hinter den Rücken zu schieben, damit dieser weicher sitzen konnte. Axels Selbstvertrauen verunsicherte Stig. Schon im letzten Jahr war Axel schneller und stärker als Stig gewesen, und Stig hatte aus der Distanz beobachtet, wie Axels Spiel im Laufe der Zeit in allen Bereichen immer besser geworden war. Er musste der Wahrheit ins Auge sehen. Axel war eigentlich zu gut für den Rødovre Tennisklub, er sollte in Kopenhagen spielen und sich Gedanken über eine Profikarriere machen. Stig hatte keine Chance, ihn zu schlagen. Wenn Axel eine Schwäche hatte, dann war dies die Blindheit dafür, wie gut er wirklich war.

Stig spielte mit Stirnband, wie er es immer getan hatte. Anfangs, um die langen Haare aus den Augen zu halten. Jetzt, da er beinahe kahl war, stellte das Stirnband nur noch einen natürlichen Teil seiner Ausrüstung dar. Bereitete er sich auf ein besonders wichtiges Spiel vor, spulte er ein paar spezielle Rituale ab. Er kaufte immer neue Schnürsenkel und neue, weiße JBS-Unterwäsche. Die Schnürsenkel fädelte er erst in der Umkleidekabine ein; dann zog er die Unterwäsche an, die Hose, das Poloshirt, die Schuhe, und zu guter Letzt, während er in den Spiegel schaute, legte er das Stirnband an.

Während Axel einen lokalen Sponsor hatte, der ihn fortlaufend mit Schlägern ausrüstete, besaß Stig nur zwei wirklich gute Schläger. Ging einer kaputt, blieb ihm nur ein weiterer, und war auch der unbrauchbar, musste er jede Hoffnung auf den Gewinn der Meisterschaft aufgeben. Über diese Tatsache machte Stig sich mehr und mehr Sorgen. Er war dazu gezwungen, seine Schläger so hart wie möglich zu bespannen, um überhaupt eine Chance zu haben, das erwartete Finale gegen Axel zu gewinnen, wodurch das Risiko, dass die Bespannung riss, natürlich nur noch größer wurde.

Das Problem mit den Schlägern raubte Stig schließlich den Schlaf. Er lag wach im Bett und starrte an die Decke. Eines Abends kam Stig ein alter Bekannter in den Sinn, der im Ama'r Sport arbeitete. Dieser Per hatte schon die Schläger von Stigs Vater bespannt. Als Kind war Stig immer wieder mit seinem Vater im Sportgeschäft gewesen. Stigs Vater hatte bei wichtigen Spielen auf eine Bespannung aus Kuhdarm zurückgegriffen, weil diese härter war und man damit ein besseres Ballgefühl hatte. Diese Saiten hatten damals alle genutzt, die etwas auf sich hielten. Stig wollte Kontakt zu Per aufnehmen und sich erkundigen, ob solche Saiten noch aufzutreiben waren. Der Gedanke beruhigte ihn, sodass er schließlich doch noch schlafen konnte.

Am folgenden Morgen rief Stig Per an. Das Gespräch war ernüchternd. Per sagte ihm, dass Darmsaiten von niemandem mehr genützt würden, ja dass man sie gar nicht mehr beschaffen könne. Stig wollte schon auflegen, als ihm eine verrückte Idee kam, die sofort all seine Gedanken in Beschlag nahm, sodass es ihm kalt den Rücken herablief. Stig räusperte sich und fragte:

»*Was, wenn ich ein paar rohe Katzendärme beschaffe? Könntest du daraus Saiten machen?*«

Per lachte laut, hielt aber inne, als er verstand, dass Stig das ernst meinte.

»*Echt Stig, im Ernst?*«

»*Ja, verdammt, ich brauche die Bespannung in zwei Wochen auf einem Schläger.*«

»*Bist du dir im Klaren darüber, dass wir hier von vierundvierzig Saiten sprechen? Ich kann vielleicht vier Saiten aus einem Darm machen, aber du müsstest elf Därme besorgen. Wo zum Henker willst du die denn bitte herholen?*«

»*Lass das mal meine Sorge sein, Per. Wann brauchst du sie?*«

Nach einer langen Pause sagte Per:

»*Mindestens eine Woche vorher. Ich mache das aber nur, weil ich deinen Vater kenne, seit du noch ein Hosenscheißer warst.*« Per legte auf, ohne sich zu verabschieden.

Die Zeitung hatte eine Internetseite. Unter der Rubrik »Haustiere« wurden verschiedene Tiere zum Verkauf angeboten. Es gab Kitten der verschiedensten Rassen, aber auch ältere Katzen, die aus den unterschiedlichsten Gründen von ihren Haltern abgegeben wurden. Stig fand zehn ausgewachsene Katzen, die er gratis abholen konnte, und eine weitere, die 50 Kronen kosten sollte. Als Erstes kam Stig zu einer Familie, deren neugeborenes Kind unter einer Katzenhaarallergie litt, weshalb Gorm, ein etwas übergewichtiger Kater, abgegeben werden sollte. Die große Schwester des Babys, die siebenjährige Caroline, drückte den Kater fest an sich, als Stig ankam, und wollte ihn ihm nicht geben. Sie brach vollkommen zusammen, als ihr Vater ihr das Tier mit Gewalt aus dem Arm nahm. Stig hätte sein Projekt daraufhin beinahe aufgegeben, aber es tröstete ihn, dass er eigentlich ja nur eine uralte Tradition fortführte. Betrachtete man außerdem, wie man in unserer Gesellschaft Tiere behandelte, war das Schicksal, das diese Katzen erwartete, sicher nicht das schlechteste.

Die übrigen Übergaben erfolgten ohne Probleme, die meisten Besitzer waren einfach nur froh darüber, dass sie so die 600 Kronen sparen konnten, die es kostete, die Katze beim Tierarzt einschläfern zu lassen. Die letzte Katze sollte Stig von einer alten Dame holen, die sich nicht mehr um ihren 22 Jahre alten Harlekin kümmern konnte. Ein großer Kater, der im Oberkiefer bereits drei Zähne verloren hatte. Stig sah mit Abscheu auf das Tier und fragte sich für einen Moment, ob die Gedärme dieses alten Wesens überhaupt 50 Kronen wert waren.

»*Er ist eine Dänische Bergkatze*«, sagte die alte Dame voller Stolz. »*Lassen Sie sich von seinem etwas abgelebten Äußeren nicht täuschen, er ist wirklich eine Wildkatze.*« Sie musterte Stig mit überlegener Verachtung, während sie ihren Morgenrock am Hals zusammenhielt.

»Ich sorge schon dafür, dass es ihm gut geht – das ver-
spreche ich Ihnen«, sagte Stig und versuchte, so glaub-
würdig und freundlich wie nur möglich zu lächeln.

Die Dame musterte Stig eine ganze Weile, ohne ein
Wort zu sagen. Dann schloss sie:

»Gut, die Katze gehört Ihnen. Er kriegt jeden Sonntag
ein bisschen frische Leber. Das liebt er. Ja, und dann krie-
ge ich noch die 50 Kronen.«

Stig fischte einen zerknüllten Fünfziger aus der Hosen-
tasche und reichte ihn der Frau, wobei er noch immer zu
lächeln versuchte.

Am selben Abend war Stig stolzer Besitzer von elf Katzen, die im Kofferraum in ihren Boxen hockten. Daneben
türmten sich Schälchen, Katzenfutter, Lieblingsspielzeuge
und anderer Kram, den ihm die Leute mitgegeben hatten.

Er parkte den Wagen in der Garage und ging direkt ins
Haus, um Umzugskartons zu suchen, in denen er die Katzen verstauen konnte. Stigs Plan war es, die Tiere mit den
Autoabgasen zu ersticken, indem er die Kartons direkt
vor dem Auspuff platzierte. Er hatte einmal gehört, diese
Todesart sei besonders human, und es war ihm wichtig,
dass die Katzen nicht unnötig litten. Er ließ die Katzen in
ihren Boxen, die er in den Kartons übereinanderstapelte.
In jeden Karton gingen vier Boxen. Er musste sie in drei
Schritten töten. Das Heulen der Tiere war schrecklich, als
er den ersten Karton an den Auspuff anschloss und alle
Öffnungen verklebte.

Kurze Zeit später lagen elf tote Katzen auf dem Boden der Garage. Bei allen waren die Eckzähne entblößt. Das Fell der Tiere war matt und fahl, als wären sie ausgestopft. Er packte eine am Nacken, legte sie auf den Tisch und drückte die Spitze des Messers gegen den Bauch. Die Haut war fester, als er erwartet hatte, und er fürchtete, die Därme mit dem Messer verletzen zu können. Er holte deshalb eine Geflügelschere aus der Küche und öffnete den Bauch des ersten Tieres. Dann schob er die Hand hinein und zog die Gedärme heraus, die fast wie von selbst auf den Boden fielen, sodass der übel riechende Inhalt auf den grauen Beton sickerte. Stig erbrach sich und öffnete das Garagentor, um den süßlichen Gestank der unverdauten Katzennahrung und des Kots aus dem Raum zu bekommen.

Dann ging er zurück und löste den Darm auch an der anderen Seite. Er leerte ihn und wusch ihn in einem Bottich mit Seifenwasser aus. Als er den Körper von Harlekin öffnen wollte, erlebte er eine unangenehme Überraschung. Gerade als er mit der Schere das Bauchfell durchtrennen wollte, zuckte das Tier zusammen und wachte plötzlich auf. Der Kater heulte bizarr und unangenehm und begann sogleich, Stig mit unbändiger Wut anzugreifen. Harlekin zerkratzte ihm das Gesicht und den Hals, bis Stig instinktiv reagierte und die Spitze der Schere in den Hals des Tieres stieß, bis dieses von ihm abließ. Der Kater rollte sich herum, während das Blut in einem Strahl aus dem Hals schoss. Stig stach noch mehrere Male zu, bis die Leiden des Katers definitiv zu Ende waren und er still in einer Blutlache am Boden lag.

Keine der übrigen Katzen wachte auf, und wenige Stunden später hatte Stig alle elf Katzendärme herausgeschnitten. Er war überall mit Blut und Kot beschmiert, und auch die Garage sah nicht besser aus. Stig reinigte die Därme gründlich, und tags darauf fuhr er zu Per ins Ama'r Sport.

»*Ich fasse es nicht, du hast das wirklich gemacht, Stig*«, sagte Per, als er Stig mit der Tüte in der Hand kommen sah.

»*Du weißt doch, dass ich meinen Sport ernst nehme. Wann hast du die Bespannung fertig?*«

Per musterte Stig voller Verwunderung.

»*Was sind denn das für Kratzer in deinem Gesicht?*«

Stig hob verlegen die Hand.

»*Ein blöder Unfall. Wann bist du fertig?*«

Die Pause, die entstand, kam Stig endlos vor. Dann sagte Per schließlich:

»*Gib mir eine Woche, dann hast du deinen Schläger – ich hoffe wirklich, dass es das wert ist, Stig.*«

In der folgenden Woche trainierte Stig wie besessen. Sogar nachts stellte er den Wecker für einzelne Dehnübungen, damit sein Körper geschmeidig blieb. Er meldete sich auf der Arbeit krank und spielte jeden Tag vier Stunden. Abends ging er joggen, und anschließend machte er Situps.

Nach der Woche war der Schläger wie vereinbart fertig. Stig wartete voller Spannung darauf, ihn auszuprobieren. Er stellte die Ballmaschine auf und ging auf die andere

Seite, wobei er die neue Bespannung begutachtete. Der
erste Schlag war ein Passierschlag mit der Vorhand. Den
hohen, charakteristischen Laut, als er den Ball traf, hatte
er seit seiner Kindheit nicht mehr gehört. Wie ein Pfeil
schoss die gelbe Kugel flach über das Netz und schlug
direkt auf der Grundlinie auf – für jeden Spieler der Welt
unerreichbar. Stig sah zu den anderen Plätzen hinüber.
Niemand schien von dem lauten Schlaggeräusch Notiz
genommen zu haben. Er machte einige weitere Schläge.
Sie waren besser, als er es zu hoffen gewagt hatte. Stigs
Hände zitterten vor Freude, als er den Schläger wegpack-
te.

Die ersten Spiele des Turniers waren wie in jedem Jahr
wenig herausfordernd. Stig nutzte seinen alten Schläger
und sah aus den Augenwinkeln zu Axel hinüber, der auf
Platz 1 spielte. Stig schlug seine mittelmäßigen Gegner
ohne jedes Problem. Es ging ihm gut, und er fühlte sich
in Topform. Immer wieder traf er die Linie, und der Gedanke, dass in seiner Tasche ein Schläger wartete, mit dem
er sein Spiel noch deutlich verbessern konnte, erfüllte ihn
mit Glück.

Nach zwei Turniertagen stand fest, dass es zu einer Neu-
auflage des letztjährigen Endspiels kommen und wieder
Axel sein Gegner sein würde.

Vor dem Spiel saß Stig nackt in der Umkleide und packte
die neue JBS-Unterwäsche aus. Er zog sich langsam an
und versicherte sich, dass alles so saß, wie es sitzen sollte.

Er fädelte die neuen Schnürsenkel ein und zog die Tennisschuhe an. Zuletzt stellte er sich vor den Spiegel, das Stirnband in der Hand. Sein Gesicht war durch die Kratzer, die vom Auge über seine Wange liefen, noch immer etwas entstellt. Er legte das Stirnband an. Er war bereit.

Beim Aufwärmen setzte Stig den neuen Schläger noch nicht ein, den hob er sich für das Spiel auf. Axel sollte den ersten Aufschlag haben und servierte knallhart auf Stigs Rückhandseite. Stig trat schnell einen Schritt zur Seite und retournierte mit einem kurzen Cross, der gut zwei Meter an dem nach vorne stürmenden Axel vorbeischoss. Der Schlag klang wie ein Pistolenschuss. Axel sah Stig verwundert an, und Stig realisierte mit Freude, dass Axels Freundin oben auf den Zuschauerrängen für einen Moment überrascht von ihrem Handy aufblickte. Stig schaffte das Break und brachte seine eigenen Aufschläge durch, sodass er den ersten Satz mit 6:4 gewann. Die Zuschauer jubelten. In der Pause zwischen den Sätzen versteckte Axel seinen Kopf unter einem weißen Handtuch, während Stig ruhig auf seinem Stuhl saß und gedankenverloren die Saiten seines Schlägers richtete. Dabei dachte er gar nicht an das Spiel, sondern an die einzelnen Saiten seines Schlägers. Er dachte an Gorm, Harlekin und die anderen Katzen. Dann fuhr er sich mit den Fingern über die Kratzer auf seiner Wange. Sie alle sollten nicht umsonst gestorben sein.

Axel gewann den zweiten Satz im Tiebreak und den dritten mit 6:1. Stig kämpfte sich im vierten Satz ins Match zurück und gewann mit 6:4, sodass das Spiel im fünften Satz entschieden werden musste. Zu Beginn des Satzes fühlte Stig sich etwas schlapp. Er schob es auf seine allgemeine Müdigkeit. Hätte ein Arzt ihn untersucht, hätte er feststellen können, dass Stig unter einem akuten Toxoplasmose-Schub litt, der sich mit grippeartigen Symptomen zeigte.

Stig stand vornübergebeugt und hielt den Schläger mit beiden Händen. Er trat von einem Fuß auf den anderen, bereit für den nächsten Aufschlag. Über dem Stirnband glänzte die hohe Stirn, das Gesicht entstellt durch die Kratzer. Das Fieber machte ihn blass. Stig war schweißnass, fror aber trotzdem. Axel servierte hart auf Stigs Rückhand. Stig kam noch an den Ball, konnte den Schlag aber nicht kontrollieren, der Ball sprang vom Schläger über die Hecke ins Aus. Auch der nächste Aufschlag war knallhart, dieses Mal servierte Axel auf Stigs Vorhandseite. Stig traf den Ball, hielt den Schläger aber nicht fest genug, sodass er ihm aus der Hand sprang und der Rahmen gegen seinen Mund schlug. Stig sackte auf die Knie und hielt sich die Hand vor den Mund. Er spürte etwas loses Hartes, spuckte in die Hand und sah seine beiden Schneidezähne. Er stand auf und setzte sich auf seinen Stuhl. Der Schiedsrichter unterbrach das Spiel für zehn Minuten, doch mit jeder Minute, die verstrich, ging es Stig schlechter. Plötzlich hatte er den Geruch der Katzenexkremente in der Nase, er musste sich wieder und wieder übergeben. Sein Magen leerte sich vollkommen, bis schließlich nur noch Galle kam und er ohnmächtig zu Boden sank. Einige der

Zuschauer gingen zu ihm, seine Tochter Emilie weinte, und Stigs Frau Marianne versuchte, ihn wach zu rütteln, aber Stig war noch immer bewusstlos.

Stig träumte, dass er in einem Wald lag. Die Sonne wärmte ihm das Gesicht. Harlekin war bei ihm. Die Katze war in ihrem besten Alter. Sie jagte für ihn und brachte ihm Vögel und Kaninchen. Stig spürte das Gras an seinem Rücken. Kleine geflügelte Menschen saßen wie Vögel auf den Ästen in den Bäumen und beobachteten ihn. Die Luft stand still, kein Blatt regte sich. Es musste ein Bild sein, dachte Stig. Dann spürte er, wie die Kraft langsam in seinen Körper zurückkehrte. Wie das Blut durch Adern und Muskeln pulsierte. Er richtete sich auf. Marianne umarmte ihn, obwohl sein Körper bespritzt war von Blut und Erbrochenem. Sie flüsterte ihm zu:

»Jetzt ist es genug, Stig, das ist doch verrückt. Du machst Emilie eine Riesenangst.«

»Es ist mein letztes Spiel«, sagte Stig.

Er steht auf und geht zurück aufs Spielfeld. Die fehlenden Schneidezähne, die Kratzer auf der Wange und das Erbrochene auf dem Polohemd lassen ihn wie einen Verrückten aussehen, aber Stig ist vollkommen fokussiert. Er macht sich bereit für den nächsten Aufschlag. Axel wird bestimmt wieder auf den Körper servieren. Damit hatte er zuvor schon Erfolg. Axel schlägt auf. Stig geht das Risiko ein, springt zur Seite und wird belohnt. Er trifft den perfekt geschlagenen Ball so hart, dass er unerreichbar an dem nach vorn stürmenden Axel vorbeifliegt. Axel und

Stig blicken sich für den Bruchteil einer Sekunde in die Augen. Axel sieht nervös aus. Stig lächelt wie ein Wahnsinniger. Er hat Blut auf den Lippen. Als Axel zurückgeht, um erneut aufzuschlagen, bemerkt Stig, dass er den linken Fuß nicht richtig belastet. Kein richtiges Humpeln, aber genug, um Stig zu zeigen, was er tun muss. Axel schlägt auf. Ein angeschnittener Ball auf Stigs Rückhandseite. Stig hat den Aufschlag richtig gelesen und greift mit einem Return auf Axels Rückhandseite an. Axel kann diesen Schlag nur zurückbringen, wenn er sein ganzes Gewicht auf seinen linken Fuß legt. Axel bekommt den Ball nur knapp über das Netz, wo Stig bereits parat steht, um den Punkt zu machen. Sie sind in der entscheidenden Phase des fünften Satzes, aber eigentlich ist das Spiel bereits entschieden. Axel zieht die Schultern bis zu den Ohren hoch und atmet tief durch. Er tippt den Ball mehrmals vor sich auf. Tänzelt etwas hin und her, bevor er den Ball in die Luft wirft, sich wie eine Schlange zusammenkrümmt, die ihren Gegner angreifen will. Er mobilisiert all seine Energie für den letzten, entscheidenden Schlag. Axel denkt nicht an die perfekte Platzierung, sondern versucht einfach nur, so hart wie möglich zu servieren. Er hofft auf das Beste. Ein letzter, wilder, unkontrollierter Angriff von einem verwundeten Tier, das um sein Leben kämpft. Stig bewegt sich vor und zurück. Axels Bewegungen sind leicht zu lesen. Die Müdigkeit in Muskeln und Gelenken und die Verletzung am linken Fuß bestimmen, wo der Ball den Schläger treffen wird. Er hat keine Wahl. Millionen von Körperzellen kalkulieren eine – und wirklich nur eine – mögliche Konsequenz. Mit einem Schrei trifft Axel den Ball.

Stig wartet bereits dort, wo der Ball aufschlägt. Mit einer vollkommen ausbalancierten Vorhand trifft Stig den Ball und passiert Axel, noch ehe dieser die Aufschlagbewegung richtig beendet hat. »*Vorteil Andersen.*« Axels Blick flackert. Stig ballt die Hand zur Faust. Axel hat Stig nichts mehr entgegenzusetzen, die Würfel sind gefallen. Axel versucht, sich zu sammeln, und nimmt sich Zeit, um seinen Atem zu kontrollieren. Er sieht zu Boden, während er ein paarmal tief Luft holt. Er befühlt die Bälle und wählt den härtesten. Stig liest den Flug des Balles, noch bevor dieser Axels Schläger verlassen hat. Er sieht die Bahn exakt vor sich und weiß bereits, wo der Ball den kleinen Kreis in die Asche drücken wird. Er spürt, wie er ihn treffen und longline an Axel vorbeischlagen wird. Das alles ist eine Wiederholung, eine chronologische Serie von Bewegungen. Er kann nicht mehr zwischen Wirklichkeit und Traum unterscheiden, gehorcht seinem Körper und folgt der Choreografie. Eine Wahl hat an diesem Punkt niemand mehr. Der Ball schießt an der Seitenlinie entlang. »*Game, set and match – Stig Andersen.*« Stig sinkt auf dem Platz zusammen. Marianne und Emilie laufen zu ihm. Stig sieht sich selbst in seiner weißen Tennisbekleidung auf dem Boden liegen. Marianne versucht, seinen Kopf zu halten. Katzen tänzeln über das Spielfeld, und einige reiben sich schnurrend an Stig.

Stig holt sich den Meistertitel des Rødovre Tennisklubs zurück. Es ist seine einundzwanzigste und letzte Meisterschaft. In den folgenden Jahren gewinnt Axel souverän, aber alle im Klub kennen sich und wissen, dass Stig der beste Spieler ist und bleibt, der jemals in Rødovre gespielt hat.

Stig kommt auch noch im hohen Alter, als er selbst nicht mehr spielen kann, in den Klub. Er sieht sich aber nie mehr ein Match an, trainiert nicht mehr und berät auch keine Nachwuchsspieler. Er redet überhaupt nur mit wenigen. Meistens sitzt er in eine Decke gehüllt auf der Terrasse unter einem Heizstrahler und starrt vor sich in die Luft, als beobachte er etwas in der Ferne, vielleicht am Mount Kopenhagen. An warmen Sommertagen oder im Winter, wenn ein Sonnenstrahl den grauen Himmel durchbricht, schließt er die Augen und richtet das Gesicht lächelnd ins Licht. Irgendwo aus seinem Vollbart ist dann manchmal ein tiefes, wohliges Schnurren zu hören.

*In den Jahren nach der Fertigstellung des Mount Kopen-
hagen wurde mit einer Intensität und in einem Umfang gebaut, wie man es nie zuvor in der Geschichte Dänemarks
erlebt hatte. Nach seiner Einweihung war der Berg trotz
all der geplanten Siedlungen ein riesiges Wald- und Natur-
areal, das in der Folgezeit kultiviert und erschlossen werden sollte. Um diese Herkulesaufgabe vollenden zu können, ließ man Zehntausende von Arbeitern aus der ganzen
Welt ins Land kommen. Die Arbeiter wohnten hauptsäch-
lich in Containerparks im Süden von Seeland, auf Fünen
oder in Süd-Jütland. Der Boom im Bausektor hielt noch
viele Jahre an, und ein Teil der Gastarbeiter integrierte
sich in dieser Zeit in die dänische Bevölkerung. Einige von
ihnen erhielten unbegrenzte Aufenthaltsgenehmigungen
oder sogar die dänische Staatsbürgerschaft. Die dänische
Regierung verabschiedete in diesem Zusammenhang ein
Gesetz, nach dem Arbeiter, die am Mount Kopenhagen
mitgewirkt hatten, bevorzugt behandelt werden konnten.*

*Die große Nachfrage führte dazu, dass die Grundstücks-
preise stark anstiegen. So wurde der Berg, ohne dass dies*

im Vorfeld geplant worden war, zu einem Refugium für die Wohlhabenden. Natürlich durfte jeder den Berg besteigen, solange er sich von den abgesperrten, privaten Zonen fernhielt. Auch die Aussicht war für alle frei zugänglich, wenngleich es natürlich teuer war, mit Blick auf den Berg zu wohnen. Er wurde zu einem Ort, wo sich die Elite des Landes traf. Dort wurden fantastische Häuser errichtet, sodass der Berg zu einer architektonischen Neuorientierung führte, wie sie nirgends sonst in Dänemark zu finden war. Natürlich war dies auch den Grundstückspreisen zuzuschreiben. All dies änderte aber nichts daran, dass sich noch etwas anderes bemerkbar machte. Der Berg lag in Dänemark und wurde damit ein Teil der dänischen Geschichte und Kultur, gleichzeitig hatte er aber auch etwas Fremdes, was das Klima und die Natur anging, da es in Dänemark nie zuvor Berge gegeben hatte. Diese geografischen Umstände schufen neue Möglichkeiten und Herausforderungen, nicht zuletzt für die dänische Architektur. Die Wohlhabenden, die sich auf dem Berg niederließen, wurden langsam vom Rest Dänemarks isoliert. Sie lebten in einer exklusiven, wunderbaren Welt, weit abgehoben von den banalen Bedürfnissen der einfachen Bevölkerung.

DAS TREPPENHAUS

Als die Bautätigkeiten am Berg auf ihrem Höhepunkt waren, unterschrieb ein junger Architekt namens Nicolai Vedel-Nielsen einen Kaufvertrag für ein Stück Bauland auf der Nordseite des Mount Kopenhagen, auf dem später die attraktivsten Wohnungen im Großraum Kopenhagen entstehen sollten. Das Besondere des Gebäudes und der eigentliche Grund, warum die Reichen der Stadt sich auf den Wartelisten für diese Wohnungen tummelten, waren weder die großartige Aussicht über Kopenhagen und den Øresund noch die reich ausgeschmückten, riesigen Wohnungen oder die großen, individuell gestalteten Terrassen, sondern das ganz spezielle Treppenhaus. Es steigerte die Freude, ins Gebäude und die Wohnungen zu kommen, ließ die Menschen ruhiger, sicherer und tiefer schlafen und war damit ein wahrer Pluspunkt für die gesamte Immobilie. Ohne dieses Treppenhaus hätten sich die Appartements nicht von denen in anderen Luxusimmobilien am Berg unterschieden.

Kaum dass die ersten Striche gezeichnet waren, hatte Nicolai Vedel-Nielsen das sichere Gespür gehabt, dass das

Treppenhaus eine entscheidende Rolle für sein Projekt spielen sollte. Er hatte über mehr als ein Jahr hinweg Eingänge und Treppenhäuser im ganzen Land studiert und umfangreiches Bildmaterial gesammelt.

Ausgerechnet ein Besuch bei einer Exfreundin, die in einem ebenso traurigen wie verfallenen Sozialbau in Esbjerg wohnte, war von entscheidender Bedeutung. Von diesem Tag an nahmen die Dinge Fahrt auf, und wenige Wochen später wurde mit dem Bau begonnen.

Die Bauzeit betrug zwei Jahre, und das Treppenhaus wurde als Letztes fertiggestellt. Dabei legte Nicolai Vedel-Nielsen selbst Hand an.

Der Haupteingang führte in ein attraktives Foyer aus Marmor und Rosenholz, in dem ein uniformierter Wachmann rund um die Uhr dafür sorgte, dass nur die Hausbewohner und deren legitimierte Gäste Zutritt hatten. Die Einrichtung des Foyers war bis auf ein kleines Detail vergleichbar mit anderen luxuriösen Appartementhäusern, nur dass es hier ganz hinten eine kleine schäbige Tür gab. Diese Tür zog die Aufmerksamkeit fast magisch auf sich, weil sie im Gegensatz zu allem anderen im Foyer aus billigen Materialien hergestellt worden war und weil man, wenn man nahe genug dran war, sehen konnte, dass auf dem zersprungenen Mattglas der Scheibe, die den oberen Teil der Tür ausmachte, »*Scheiß Hure*« stand. Auf der linken Seite der Tür waren die Klingeln zu den jeweiligen Wohnungen angebracht. Die meisten Namen waren nicht mehr zu erkennen. Anscheinend hatte jemand mit einem Feuerzeug einen ganzen Streifen abgefackelt. Durch diese Tür kam man ins Treppenhaus.

Die Stufen, die Wände und die Decke waren aus weißem Beton, das Geländer aus einem einfachen Stahlband, das in einem traurigen, matten Rot gestrichen worden war. Auf jedem Stockwerk und neben jeder Wohnungstür fand sich ein verschlossener Abfallschacht. Beinahe an jeder Wand prangten Graffiti und Tags, verschiedene Kürzel und Nachrichten, die Nicolai persönlich aufs Genaueste von den Fotos kopiert hatte, die er in Esbjerg gemacht hatte. Ein Teil der Texte war auf Arabisch. Außerdem hatte Nicolai als Letztes vor der Einweihung Türen und Wände zerkratzt und das Gehäuse des Sicherungskastens im Keller mit einem Baseballschläger zertrümmert. Als Nicolai mit seiner Arbeit fertig gewesen war, hatte niemand mehr einen Unterschied zwischen dem Treppenhaus in Esbjerg und der Kopie am Mount Kopenhagen erkennen können.

Die Wohnungen wurden ihm in weniger als zwei Wochen aus den Händen gerissen, und nach drei Jahren war nicht einer der Bewohner ausgezogen. Einmal pro Woche wurde das Treppenhaus mit neuen Graffiti und Kritzeleien an den Türen versehen. Des Weiteren sorgte jemand dafür, dass Glasscherben herumlagen und es immer wieder neue Brandflecken gab. Auch diese Änderungen waren genaue Kopien der realen Veränderungen in dem Treppenhaus in Esbjerg. In dem Gebäude am Mount Kopenhagen herrschte eine angenehme Atmosphäre, die Bewohner begannen, sich abends im Treppenhaus zu treffen, zu plaudern und ein Glas Wein zu trinken, während sie die Tags zu deuten versuchten. Das Treppenhaus hatte etwas Exotisches, Fremdes, Aufregendes, das sie in ihren Bann zog, sie irgendwie aber auch beruhigte und ihnen ein Gefühl von Zuhause gab.

Ein emeritierter Archäologieprofessor, Ole Christensen, der im vierten Stock wohnte, erzählte eines Abends, dass er einen längeren, arabischen Schriftzug hatte übersetzen lassen. Er war mit einem Edding an die Wand zwischen dem zweiten und dritten Stock geschrieben worden, und bei jedem Vorbeigehen hatte er sich nach dem Sinn gefragt.

»Der Text erwies sich als ein Zitat von einem gewissen Sultanhussein Tabandeh«, erklärte Ole Christensen und las seinen Nachbarn dann die Übersetzung vor:

»Die Ungläubigen befinden sich auf einem Entwicklungsstadium gleich dem der Tiere. Sie müssen als Ausgestoßene betrachtet werden. Sie gehören nicht zum Kreis der Menschen. Ihre Existenz muss als schädlich für die Menschheit angesehen werden. Juden und Nazarener stehen etwas oberhalb der Gottlosen. Ihr Glaube ist aber nicht auf dem Niveau des Islam. Sie folgen anderen Regeln als den Gesetzen des Islam. Sie befinden sich in einem niederen Stadium und können deshalb nicht mit den Muslimen gleichgestellt werden. Der Islam teilt den Nichtmuslimen ein niedrigeres Existenzstadium zu. Wenn ein Muslim einen solchen Nichtmuslim tötet, darf gegen ihn keine Todesstrafe ausgesprochen werden, da sein Entwicklungsstadium höher als das

seines Opfers ist. Wer den Islam verlässt, stellt sich auf eine Ebene mit den Tieren und hat sein Leben verspielt. Ein Wechsel der Religion ist nur von einem niederen zu einem höheren Stadium möglich, vom Christentum zum Islam.«[1]

Nachdem er die Zeilen vorgetragen hatte, blieb es einen Augenblick still. Dann bemerkte Else Smith Eliasen, eine pensionierte Anwältin aus dem siebten Stock, wie erstaunlich es sei, dass die Akustik in ihrem Treppenhaus genau wie die in Esbjerg sei. Kurz danach sagte der noch aktive Immobilienmakler Birger Paulsen aus dem elften Stock mit lauter, klarer Stimme in gebrochenem Dänisch: »*Jetzt halt dein fucking Maul, du verficktes Dänenluder!*« Alle lachten laut.

Ein paar Monate später wachten die Bewohner des Gebäudes durch eine Serie lauter Geräusche auf, die aus dem unteren Bereich des Treppenhauses zu kommen schienen. Kurz darauf waren alle im Erdgeschoss versammelt, die meisten noch in Nachthemden oder Morgenmänteln. Einige waren geistesgegenwärtig genug gewesen, eine Tasse Kaffee oder Tee mitzunehmen. Die Bewohner standen im Kreis und starrten auf eine Stelle vor der Tür. Niemand sagte etwas. Vor ihnen auf dem Terrazzoboden war eine dunkelrote Blutlache, und in der Tür waren vier deutlich

---

1   Sultanhussein Tabandeh auf der Islamischen Menschenrechtskonferenz 1968.
Sultanhussein Tabandeh: *A Muslim Commentary on the Universal Declaration of Human Rights*, English Translation by F. J. Goulding, London, 1970, S. 4, 17–19, 37.

erkennbare Einschusslöcher. Das matte Glas war zersplittert, und die Scherben lagen im Blut. Von den untersten Treppenstufen waren Betonstücke abgeplatzt, dort waren Kugeln eingeschlagen. Einige Projektile lagen auf dem Boden. Eine Blutspur führte nach oben, was vermuten ließ, dass der Verwundete sich blutend die Treppe hinaufgezogen hatte.

Ole Mathiesen, ein pensionierter Oberarzt, der mit seiner Frau Mimi Mathiesen im fünften Stock wohnte, war der Erste, der das kollektive Schweigen brach. Er sagte, dass er und seine Frau beim Runtergehen bemerkt hätten, dass die Blutspur im dritten Stock endete, dort wohnte in Esbjerg ein gewisser S. Khan.

Wieder folgte Schweigen, bis der frisch verwitwete Oberstleutnant a. D. Ove Ringgaard aus dem zweiten Stock mit der Analyse fortfuhr, während er die Einschusslöcher in der Tür studierte:

»Die Schüsse wurden aus einer automatischen Waffe abgefeuert. Vermutlich aus nächster Nähe.«

Schweigend untersuchte er den Tatort.

»Es sieht aus, als hätte das Opfer zu fliehen versucht, es wurde dann aber wohl getroffen, als es gerade an der Tür zum Treppenhaus war.«

Ringgaard öffnete die Tür, um sich die Einschusslöcher genauer anzusehen. Die alten Tags waren übersprüht

worden. Quer über der Tür stand nun: »*Esbjerg Tigers*«.
Mimi Mathiesen fragte, ob das wohl der Täter geschrieben hatte. Else Smith aus der siebten Etage untersuchte die Tür mit dem Vergrößerungsglas, das sie extra mitgebracht hatte, und schlussfolgerte:

»Ja, ich glaube schon. Die Worte sind auf jeden Fall nach der Schießerei geschrieben worden.«

»Bandenkriminalität«, sagte Ringgaard.

Er ging zur Treppe und sah sich die dortigen Einschussstellen an.

»An der Tür kann man erkennen, dass mindestens vier Schüsse abgefeuert wurden, aber nur zwei davon haben die Treppe getroffen. Wir können also wohl davon ausgehen, dass das Opfer von zwei Kugeln getroffen wurde. Nach der Menge des Blutes zu schließen, ist er oder sie lebensgefährlich verletzt worden.«

Ole Mathiesen hatte die Blutspur nach oben untersucht, während Ringgaard gesprochen hatte, und ergänzte:

»Ja, aus ärztlicher Sicht kann ich das nur bestätigen. Vermutlich wurde das Opfer an der Halsschlagader getroffen. Mit einer solchen Verletzung stirbt man innerhalb von fünfzehn Minuten am Blutverlust. Da die Spuren an der Wohnung enden und auch keinerlei Spuren von irgendwelchen Sanitätern zu sehen sind, müssen wir wohl vom Schlimmsten ausgehen.«

»*Dann reden wir hier also von Mord*«, schloss Birger Paulsen. Seine Stimme hallte von den Wänden wider.

Der Rest des Tages verging mit der Untersuchung der näheren Umgebung, nur unterbrochen von einer Pause, in der die Ermittler Käse und Wein zu sich nahmen. Schließlich gelang es ihnen, den vermutlichen Handlungsverlauf zu rekonstruieren. Auch wenn der Tatort eine Kopie des eigentlichen Tatorts in Esbjerg war, handelte es sich bei dem Blut um Rinderblut und nicht um Menschenblut. Die Bewohner brauchten nicht zu fürchten, es mit echten Leichen oder wirklichen Mördern zu tun zu bekommen, aber trotzdem war die Episode beunruhigend, ja geradezu gruselig. Es wurde später Abend, bis alle Details des Verbrechens ermittelt waren und die Bewohner sich müde und zufrieden auf die Treppe setzen konnten. Wie sie dort mit ihren Vergrößerungsgläsern, Lexika und Weingläsern in den Händen saßen, einige mit Bucket Hats auf dem Kopf, erinnerten sie fast an Kinder.

Zu den spektakulärsten Gebäuden aus der Anfangszeit des Bergprojekts gehörte das Domizil für die Mærsk-Verwaltung, das rund 3.000 Mitarbeitern Platz bot. Das Fundament des Domizils wurde tief im Berg verankert und zog sich in etwa 1.000 Metern Höhe um den Südhang des Berges. Mærsk hatte darüber hinaus ein paar luxuriöse Lodges bauen lassen, die zur Entspannung und für Besprechungen mit Geschäftspartnern genutzt wurden. Der dänische Staat ließ einen reich ausgeschmückten Palast bauen, in dem Staatsbesuche untergebracht wurden. Überdies fanden dort später internationale Friedensverhandlungen statt.

Ein anderes besonders auffälliges Gebäude war das Observatorium, OWL genannt (Overwhelmingly Large Telescope)[2], das mit seinem Spiegeldurchmesser von 200 Metern nicht nur das größte Teleskop der Welt war, sondern auch mehr als doppelt so groß wie das zweitgrößte.

---

2   OWL (Overwhelmingly Large Telescope) ist der Name eines existierenden, international finanzierten Observatoriums in Chile.

Der alte Spitzenreiter hatte nur einen Durchmesser von 82 Metern gehabt. Das Teleskop konnte bei einer Exponierungszeit von circa zehn Stunden eine Bildklarheit erreichen, die fünf Billionen mal stärker war als der klarste sichtbare Stern am Himmel. So war es zum ersten Mal möglich, die Planeten der Sterne zu studieren, die mit den alten Teleskopen gerade einmal zu erkennen gewesen waren.

Das Teleskop des Observatoriums wurde tagsüber durch ein riesiges Kupferdach geschützt, das sich abends, wenn die Sonne unterging, automatisch öffnete. In einer Erklärung der Regierung hatte es geheißen, dass das Observatorium »die dänische Astronomie wieder in die internationale Weltklasse führen sollte«. Diese Ambition sollte sich schnell erfüllen, auch wenn dies auf ganz andere Weise geschah, als vorherzusehen war.

DAS TELESKOP

Im Teleskopraum saß der siebenundzwanzigjährige Astronom Elias Friis unter dem riesigen Dach und starrte ungläubig auf seinen Computerbildschirm. Hinter ihm standen seine Kollegen, einige von ihnen für den Anlass entsprechend herausgeputzt. Alle starrten gebannt auf den Monitor. Elias wusste, dass er begeistert sein sollte. Was sie dort vor sich sahen, war die größte und wesentlichste Entdeckung, die jemals in der Astronomie gelungen war. Daran gab es keinen Zweifel. Ja, sie sprengte den Rahmen der bislang bekannten Astronomie. Er wusste, dass er in den kommenden Jahren unermüdlich würde arbeiten müssen, um überhaupt verstehen zu können, was er da sah – vielleicht sogar den Rest seines Lebens. Es war eine Entdeckung, wie man sie sich nicht einmal in seiner wildesten Fantasie vorzustellen wagte. Trotzdem war in seinem Blick keine Begeisterung zu erkennen. Sein Blick klebte traurig am Bildschirm. Seine Haut fühlte sich trocken an und zeigte rote Flecken, seine Haare waren ungekämmt und strähnig, und seine Augen schienen längst etwas jenseits dieser Welt zu fokussieren. Er registrierte, dass die anderen redeten, hörte aber nicht zu. Elias stand von seinem Stuhl auf. Keiner seiner Kollegen nahm Notiz von ihm, alle rückten nur ein Stückchen näher an den Monitor heran, um die geheimnisvollen Objekte besser sehen zu können. Er ging die Wendeltreppe hoch, die zum Teleskop führte. Der Raum war riesig, und durch die Fenster sah man ganz Seeland. Die Sonne ging auf. Es sollte wieder ein sonniger Tag werden.

Zwei Jahre zuvor

Elias hatte gerade seine Doktorarbeit abgeschlossen, als das neue Observatorium am Mount Kopenhagen fertig war und in Betrieb genommen werden konnte. Zu diesem Zeitpunkt hatte er sich in der internationalen Astronomie noch nicht sonderlich hervorgetan. Es war deshalb eine Überraschung, als sein Professor ihm anbot, eine der sechs Forschungsstellen zu übernehmen, die im Observatorium eingerichtet worden waren. Diese Stellen waren weltweit sehr begehrt, sodass Elias unter normalen Umständen sofort zugesagt hätte, doch eigentlich hatte er ganz andere Pläne gehabt.

Diese Pläne hatten mit der jungen Frau zu tun, die er einige Monate zuvor auf einem Kongress in Helsinki kennengelernt hatte. Inga war ihm schon am ersten Konferenztag aufgefallen, sodass er sich anschließend kaum auf all die interessanten Vorträge hatte konzentrieren können, auf die er sich gefreut hatte. Wieder zu Hause, hatte er ihre Nummer auf der Teilnehmerliste gefunden. Sie war experimentelle Physikerin. Er rief sie an, und sie verabredeten sich am nächsten Tag auf einen Kaffee. Wenige Wochen später waren sie ein Paar. Es war das erste Mal, dass Elias eine Lebensgefährtin hatte, und er genoss die neue Situation in vollen Zügen. Es war nicht nur die Tatsache, dass sie beide sich für Physik und Astronomie interessierten und deshalb stundenlang miteinander reden konnten, sondern auch das Gefühl, einem anderen Menschen zum ersten Mal richtig nahe zu sein und zu spüren, wie dieser Mensch sich ihm hingab. All das war so komplett anders als alles, was er zuvor erlebt hatte. In den ersten Monaten hatten sie immer wieder Sex. Sie machten sogar blau, um zusammen im Bett liegen zu können. Elias war glücklich, wie er es nie zuvor gewesen war, wenn er morgens neben ihrem nackten Körper wach wurde. Inga und Elias waren unzertrennlich. Sie waren die ganze Zeit zusammen, und es gab nichts, was sie lieber wollten. Sogar die Forschungsprojekte, die sie unter normalen Umständen ganz in Beschlag nahmen, mussten dieser Liebe Platz machen.

Nach wenigen Wochen, die sie zusammen waren, wusste Elias, dass er den Rest seines Lebens mit Inga verbringen wollte. Klar wurde ihm das an einem Samstag, an dem sie wie gewöhnlich einen Stadtbummel machten. Inga wollte in einen Laden, um ein Geschenk für ihre Cousine zu kaufen. Elias beobachtete sie durch das Schaufenster. Sie sprach mit einer jungen Angestellten. Inga war zwei Meter groß und musste sich bücken, um sich etwas anzusehen, das die Verkäuferin ihr zeigte. Noch vor Monaten wäre er auf der Straße an ihr vorbeigelaufen und hätte von einer Frau wie ihr geträumt. Jetzt war sie die Seine. Er konnte sein Glück kaum fassen. Durch das Schaufenster sah er, wie ihre Brüste sich unter dem dünnen Pulli abzeichneten. Er erahnte den Rand ihres Schlüpfers, sah den hellen Knopf ihrer Lederhose, die er ihr erst vor Stunden vorsichtig von den Beinen gestreift hatte. Dann den weißen Slip. Er hatte sie geleckt. Ihre dunklen Schamhaare waren glänzend nass, als er in sie eindrang. Sie hatte alles mit sich machen lassen. Sich von ihm gewünscht, was zuvor in einsamen, schamerfüllten Fantasien versteckt gewesen war. Plötzlich war alles einfach, unproblematisch, schön. Er erinnerte sich an all die Düfte, die ihr Körper am Abend zuvor verströmt hatte. Die leisen Geräusche aus ihrem Mund.

Es dauerte nicht lange, bis Inga und Elias ihre Zukunft zu planen begannen. Sie sprachen darüber, wo sie wohnen wollten, welche Namen ihre Kinder bekommen sollten und wie diese wohl aussehen würden. Vor ihrer ersten Begegnung hatte Inga sich für ein Stipendium an der Cornell University in New York State beworben. Ingas Mutter wohnte dort mit ihrem Mann. Überdies hatte die Universität eine der spannendsten Forschungsgruppen in experimenteller Physik. Sie erörterten, ob und wie Elias sie begleiten konnte. Ganz unrealistisch war diese Möglichkeit nicht. Es war deshalb keine leichte Entscheidung für Elias, als sich plötzlich die Gelegenheit bot, am OWL zu arbeiten. Inga selbst überredete ihn schließlich, die Forschungsstelle anzunehmen. Sie meinte, dass sie den Rest ihres Lebens ja ohnehin zusammen verbringen würden, weshalb diese drei Jahre keine Rolle spielten. Und dass sie sich regelmäßig besuchen und jeden Tag skypen könnten.

Zwei Monate zuvor

Elias war seit zwei Jahren am OWL, und seine Arbeit nahm ihn vollkommen gefangen. Die wenige Freizeit nutzte er, um mit Inga zu reden. Auch wenn sie sich weniger oft besuchten als geplant, schien ihre Beziehung trotz der Distanz immer mehr Tiefe bekommen zu haben. Jeden Tag um ein Uhr skypten sie miteinander. Sie sprachen über ihre Projekte, darüber, wie sie vorankamen und welche Gedanken sie sich gerade machten. Auch über praktische Dinge tauschten sie sich aus, zum Beispiel darüber, wie sie ihre gemeinsame Wohnung einrichten sollten, wenn Inga zurückkam. Manchmal wurden ihre Gespräche auch intimer. Sie flirteten miteinander und erzählten sich, wie sie sich verführen wollten, wenn sie sich endlich wiedersehen würden. Während dieser Art von Gesprächen nannten sie sich gegenseitig »Hubbie«, nach Edwin Powell Hubble, der als Erster die Expansion des Universums postuliert und festgestellt hatte, dass die Geschwindigkeit, mit der die Planeten sich voneinander entfernen, proportional zu ihrem Abstand ist, da alle Planeten denselben Ursprung haben.

Eines Tages rief Inga früher als sonst an. Elias saß noch beim Frühstück. Als er Inga auf dem Bildschirm sah, erkannte er gleich, dass etwas nicht stimmte.

»*Elias, etwas Schreckliches ist passiert. Meine Mutter ist tot.*«

Sie weinte und brachte kaum ein Wort heraus.

Elias hatte keine Ahnung, was er sagen sollte. Er war vollkommen überwältigt.

»Sie sagen, es war eine Hirnblutung. Sie liegt im Koma. Sie wollen heute die Beatmung ausschalten.« Ingas Schluchzen kam als Knacken durch die Lautsprecher. Sie weinte, wie Elias noch nie jemanden hatte weinen sehen. Er wusste gar nicht, was er sagen sollte, und wollte sie einfach nur in die Arme nehmen, sie trösten und ihr zeigen, wie sehr er sie liebte.

»Wann ist die Beerdigung?«, fragte er, um irgendetwas zu sagen.

»Ich weiß es nicht.« Die Frage schien Ingas unkontrolliertes Schluchzen nur noch zu verstärken.

»Hubbie, ich wünschte mir, ich wäre jetzt bei dir, ich weiß echt nicht, was ich tun soll«, sagte Elias.

Elias betrachtete Inga. Nur ihr Schluchzen war zu hören, sonst nichts. Ihr Gesicht war vollkommen verändert, es war rot und hatte irgendwie auch eine andere Form bekommen. Elias hatte Inga so noch nie gesehen und musste plötzlich an eine Fernsehsendung über Anemonen denken, die er einmal gesehen hatte. Ihr Gesicht war wie eine dieser Anemonen, eine Art intelligente Pflanze, die sich zusammenzog, wenn jemand sie berührte – oder waren Anemonen Tiere? Er musste das bei Gelegenheit mal nachschlagen. Er sah auf sein Rührei. Irgendetwas musste er jetzt sagen.

»Soll ich zu dir kommen?«, fragte Elias.

»Nein, du hast doch so viel zu tun«, stammelte Inga leise, während sie sich die Nase mit einer Serviette abwischte.

»*Und was ist mit deinem Projekt? Kannst du da ein paar Tage aussetzen?*«

»*Nein, das kann ich nicht. Wir haben gerade eine Versuchsreihe gestartet. Die läuft die nächsten zwei Monate.*«

»*Kann ich irgendetwas tun?*«

»*Nein, ich wollte dich einfach nur sehen und mit dir reden!*«

»*Ich liebe dich, Hubbie!*«, sagte Elias.

»*Ich liebe dich auch. Ich freue mich darauf, dich wiederzusehen.*«

»*Das sind noch sechzehn Monate.*«

»*Ich weiß. Glaubst du, wir kriegen das hin, wenn ich nach Hause komme?*«

»*Wie meinst du das? Natürlich. Ich liebe dich, Hubbie. Ich kann jetzt gleich zu dir kommen, wenn du das willst.*«

»*Nein, ich habe schrecklich viel zu tun, ich freue mich einfach auf dich. Aber ich muss jetzt los, Elias. Bis bald.*«

»*Ich liebe dich.*«

In der darauffolgenden Zeit bekamen ihre Gespräche einen anderen Charakter. Inga wirkte abwesend, nicht wirklich traurig, sondern so, als wäre sie gar nicht richtig da, als würde sie sich gedanklich mit ganz anderen Dingen beschäftigen, selbst wenn sie über ihr Projekt redeten. Anfangs machte Elias sich keine Sorgen, immerhin hatte sie gerade erst ihre Mutter verloren. Doch nach ein paar Monaten war er beunruhigt, und schließlich hatte er zum ersten Mal, seit sie zusammen waren, die Befürchtung, dass er sie verlieren könnte.

Bis zu Ingas Rückkehr war es noch mehr als ein Jahr. Elias machte sich immer größere Sorgen. Schließlich fasste er den Entschluss, um ihre Hand anzuhalten, teils um sie aufzumuntern, teils um ihr deutlich zu machen, dass er sie wirklich liebte. Vielleicht war der Antrag auch ein Resultat seiner zunehmenden Unsicherheit.

Zwei Tage zuvor

Elias hatte seinen einzigen Anzug angezogen. Er trug ihn sonst nur, wenn die Delegationen ihrer Geldgeber ins OWL kamen. Außerdem hatte er einen Ring gekauft, den er ihr symbolisch überreichen wollte. Im Laufe ihres Gesprächs in der folgenden Nacht sagte er dann:

»*Hubbie, es gibt da etwas, das ich dich fragen will.*«

Das Bild flackerte etwas, als er die Webcam nach unten richtete, sodass man ihn auf dem Boden knien sah, mit einem kleinen Schächtelchen in der einen Hand und einem Blatt Papier in der anderen. Elias begann abzulesen:

»*Liebste Inga. Wir waren im wirklichen Leben nicht viel zusammen, aber trotzdem spüre ich, dass wir uns ganz genau kennen. Ich liebe dich seit dem Moment, in dem ich dich in Helsinki zum ersten Mal gesehen habe, und ich bin mir sicher, dass ich den Rest meines Lebens mit dir verbringen will. Ich will Kinder mit dir, und ich will mit dir alt werden.*

Ich liebe dich, Hubbie, so wie dich habe ich nie jemand anderen geliebt. Willst du meine Frau werden?«

Elias streckte das Schächtelchen in Richtung Kamera.

Inga blickte auf Elias herab und lächelte etwas verlegen. Es entstand eine lange Pause, die Elias schon wie die Einleitung zu einem Nein vorkam. Dann sagte sie:

»*Ja, das will ich gerne, wie hast du dir das vorgestellt?*«

»*Ich dachte, dass du vielleicht nach Kopenhagen kommen könntest? Vielleicht im August?*«

Inga sah zu Boden.

»*Ich weiß nicht, Elias. Sollen wir nicht lieber warten, bis ich wieder zu Hause bin? Irgendwie kennen wir uns doch gar nicht richtig.*«

Für einen Moment war Elias wie gelähmt. Er spürte, wie seine Knie auf dem harten Boden schmerzten.

»*Wie meinst du das?*«

»*Vielleicht sollten wir es langsam angehen lassen, eine Pause einlegen und sehen, was passiert, wenn ich wieder da bin.*«

»*Okay, wenn es das ist, was du willst.*«

»*Ich glaube schon. Ich muss jetzt Schluss machen. Mach's gut, Elias.*«

Elias konnte Ingas Reaktion nicht fassen. Das Gespräch war so seltsam kurz gewesen. Hatte sie jemand anderen kennengelernt? Warum konnten sie nicht mehr miteinander reden? Was war geschehen? Er schloss sich in seinem Zimmer ein und hatte nur einen Gedanken im Kopf. Er musste mit Inga sprechen. Aber nicht am Telefon. Er musste nach New York. Wenn sie jemand anderen kennengelernt hatte, wollte er das von ihr hören und ihr in die Augen sehen, wenn sie das sagte. Er wollte wissen, ob sie ihn noch immer liebte. Sobald das Projekt es zuließ, wollte er fliegen. Im Juni hatte er eine Lücke im Kalender. Eine Woche. Bis dahin war es nur ein Monat. Ein Monat. So lange konnte er warten.

Bevor Elias Inga angerufen hatte, hatte er seine Kollegen in seinen Plan eingeweiht, und als diese schließlich fragten, wie es gelaufen sei, hatte er nur »gut, gut« gesagt und war in seinem Büro verschwunden. Seine Kollegen planten deshalb weiter den Polterabend, den sie ihm zu Ehren feiern wollten. Natürlich keinen Polterabend im traditionellen Sinne, sondern eher einen *practical joke*. Einen, der unabsehbare Konsequenzen haben sollte, nicht nur für die Astronomie, sondern für die Menschheit als solche.

Kern des OWL waren – wie gesagt – vier Teleskope, die, miteinander gekoppelt, gemeinsam arbeiteten. Die Idee für den Streich, den die Kollegen Elias spielen wollten, war als solche einfach, in ihrer Umsetzung aber höchst komplex, insbesondere was die Programmierung des Computers anging, der die Optik steuerte. Eine Gruppe von vier Doktoranden brauchte eine ganze Nacht, um die Teleskope so umzuprogrammieren, damit sie das Gegenteil von dem zeigten, was sie sonst zeigten. Das OWL war für maximale Vergrößerungen gebaut, sodass man im Prinzip die Nase eines Astronauten auf dem Mond hätte scharf stellen können. Elias' Kollegen hatten das Teleskop jetzt aber so programmiert, dass es nicht mehr vergrößerte, sondern das Universum in historischer Dimension verkleinerte. Wie wenn man ein Fernglas umdreht und durch das verkehrte Ende schaut. Sie waren davon ausgegangen, dass Elias ein wenig nuanciertes, dunkles Bild sehen würde, das ihn verwirrte. Mit diesem falschen Bild wollten sie ihn eine Weile allein lassen, ehe sie ihn in den Spaß einweihten.

Die Exponierungszeit des Teleskops variierte je nach Aufgabenstellung, und der nichts ahnende Elias Friis entschloss sich am nächsten Tag, das Teleskop bis zum nächsten Morgen arbeiten zu lassen.

Der Computer setzte die durch das Teleskop gesammelten Informationen zusammen und generierte in der Folge ein detailliertes, messerscharfes Bild. Als das endgültige Resultat sich abzuzeichnen begann, glaubte Elias zuerst, der Computer hätte einen Virus. Denn all die sichtbaren Galaxien des Universums, reduziert auf eine historisch kleine Größe, sammelten sich zu einem kleinen Lichtpunkt, weit, weit weg, umgeben von einer Reihe anderer Striche und Punkte, die bisher unbekannte Galaxien darstellten und zusammen ein Muster bildeten. Elias verschlug es die Sprache, er lehnte sich entgeistert zurück. Die Zeit stand für ihn still. Quer über das Firmament stand in leuchtender Schrift:

ǝznäwdɔssdǝɹ⋊ sbli⋊ɹodꓕ

Elias starrte ein paar Minuten lang ungläubig auf den Bildschirm. Dann kamen die Kollegen, die sich hinter einigen Regalen versteckt hatten, langsam zu ihm, bis sie alle hinter ihm standen und die Entdeckung schweigend studierten. Raj, ein vielversprechender Forscher aus Kalkutta – er hatte einen goldenen Fes auf dem Kopf und hielt einen Ball in den Händen –, brach als Erster das Schweigen:

»*It's beautiful. What is it? Can anyone read it?*«

Andrew aus Berkeley sagte:

»*It seems to be some kind of message. It looks celtic.*«

Nach einer weiteren Pause ergriff Raj erneut das Wort:

»*Should we call someone?*«

Elias hatte nicht zugehört, was die anderen gesagt hatten. Ja, er hatte nicht einmal mitbekommen, dass sie hinter seinen Stuhl getreten waren. Er dachte nur, dass es jetzt unmöglich sein würde, nach New York zu fahren, und dass er Inga niemals wiedersehen würde. Er stand von seinem Stuhl auf und ging über die Treppe nach oben zum Teleskop.

Neben den natürlich in Dänemark vorkommenden Tierarten wie Adler oder Storch, die sich in großer Zahl wieder dort ansiedelten, fanden auch fremde Arten, die es nie zuvor im Land gegeben hatte, eine neue Heimat rund um den Berg. Einige in den Wäldern, andere in den Flüssen und Feuchtgebieten. Dem dänischen Naturschutzbund gelang es nach langen Verhandlungen, ein kleineres Areal an der Nordflanke des Berges unter Schutz zu stellen, wo sich eine Gruppe Papageientaucher angesiedelt hatte. Das Schutzgebiet war eigentlich nicht nötig, denn auch wenn der Mount Kopenhagen als Stadtgebiet betrachtet wurde und Tausende von Menschen mit den entsprechenden Aktivitäten anzog, war und blieb der Berg in erster Linie ein Triumph für die Natur.

Das Klima des Berges bot überdies die Möglichkeit für die kontrollierte Auswilderung anderer Tierarten. Der Zoologische Garten erwarb ein großes Auengebiet am Fuß des Berges und setzte in dem eingezäunten Areal zwölf Braunbären aus. Hier konnten zahlende Gäste im Sommer beobachten, wie die Bären Lachse fingen, die auf dem Weg zu ihren höher liegenden Laichplätzen über Schwellen und Hindernisse sprangen. Die Lachse waren nicht nur eine Delikatesse, die viele Menschen mit dem Berg verbanden, sondern vielleicht das wichtigste Beutetier für die großen und kleineren Raubtiere der Gegend. Die Exemplare, die den weiten Weg zu ihren Laichplätzen überlebten, veränderten sich schließlich drastisch. Durch Hormonumstellungen färbten sie sich auf dem Rücken dunkelrot, und die Spitze des Unterkiefers wurde zu einem kräftigen Haken. Lachse sind für einige Wochen des Jahres extremem Stress ausgesetzt, sodass der Großteil von ihnen nach dem Laichen stirbt. Aus diesem Grund dümpelten im Sommer Tausende von toten Lachsen in den Seen an den Bergflanken. Bären, Bergkatzen, Nerze, Adler, Möwen und viele andere Raubtiere fraßen sich die Bäuche voll. Die im Wasser verbleibenden toten Lachse wurden schließlich von anderen Fischen, Insekten und Mikroorganismen gefressen, und auch die Millionen und Abermillionen von frisch geschlüpften Lachsen ernährten sich von ihren Vorfahren.

Der Bärenpark wurde ein so großer Erfolg, dass man etwas weiter oberhalb ein entsprechendes Areal für drei Eisbären vorsah.

Aber nicht nur im Hinblick auf die Natur erweiterte der Berg die Grenzen des Möglichen. Er führte zu einem Optimismus, wie es ihn nie zuvor in Dänemark gegeben hatte. Mit dem Berg kamen internationale Firmen, ausländisches Kapital und ausländische Arbeitskräfte. Firmen aus der ganzen Welt wurden von der Schönheit des Berges und seiner zentralen Lage im Herzen Europas angezogen. Ideen und Freundschaftsdienste florierten in dem internationalen Milieu, und selbst die entferntesten Winkel der Welt erschienen mit einem Mal erreichbar zu sein.

DIE VOGELMENSCHEN

Jan Peter Lassens Verwandlung vom Mensch zum Vogel
führte dazu, dass er mit einem Mal nicht nur in Dänemark, sondern auf der ganzen Welt bekannt wurde. In
den ersten Jahren nach seiner Operation reiste er kon-
stant in der Welt herum und nahm an Präsentationen,
Talkshows und allerlei anderen Veranstaltungen teil.
Unter anderem war er auf einer von Jean Paul Gaultiers
Haute-Couture-Modenschauen zu sehen und rangierte
überdies als geladener Gast des englischen Königshau-
ses. Die Medien rissen sich um ihn, und seine Geschichte wurde als historischer Durchbruch für die Menschheit vermarktet. Jan Peter verdiente in diesen Jahren
viel Geld. CBS bezahlte ihm vier Millionen Dollar, um
an einem einstündigen Interview teilzunehmen, und die
BBC drehte einen preisgekrönten Dokumentarfilm über
Jan Peters Verwandlung vom Mensch zum Vogelmenschen. Seine Geschichte sprach alle an und war für die
Medien hochinteressant.

Es war deshalb nur natürlich, dass Jan Peter eine Gesellschaft gründete – JPFly.com. Die Firma hatte eine

Homepage, auf der Jan Peter ein Tagebuch führte. Auf der ersten Seite dieses Tagebuchs schrieb er:

»Ich war immer schon fasziniert von Vögeln. Solange ich denken kann, wünsche ich mir, mit den Vögeln fliegen zu können. Als Kind habe ich meinen Vater gefragt, warum Menschen nicht fliegen können, und er hat immer nur gesagt, dass es gewisse Dinge gebe, die wir Menschen einfach nicht könnten, dafür aber auch vieles, was wir könnten, die Vögel aber nicht. Wir können sprechen und denken – und das können die Vögel nicht. So ist die Natur. Vögel können fliegen, weil sie riesige Brustmuskeln haben, außerdem sind ihre Knochen hohl. ›Du musst dir diesen Gedanken aus dem Kopf schlagen, Jan Peter, Menschen werden niemals wie Vögel fliegen, dafür sind sie viel zu schwer.‹

Ich erinnere mich noch genau an die Ermahnungen meines Vaters. Er war ein guter Vater, der sich um seinen Sohn und dessen Fantasien Sorgen machte.

Die Idee zu der Operation bekam ich nach einer Nachtschicht, in der ich einen Dokumentarfilm über Stockenten gesehen hatte. Plötzlich war mir klar geworden, worin der eigentliche Vorteil der Vögel bestand. Und darüber hatte weder mein Vater noch sonst jemand jemals gesprochen: VÖGEL HABEN KEINE BEINE. Natürlich haben Vögel Beine, aber die sind nicht sonderlich lang, sondern in der Regel kurz und sehr dünn. Durch meine Arbeit als Arzt kenne ich die menschliche Physiologie ziemlich gut. Betrachtet man das Skelett eines Menschen, erkennt man, dass die Knochen der unteren Hälfte von der Hüfte abwärts deutlich kräftiger sind als die restlichen Knochen des Körpers, die eigentlich ziemlich dünn sind. Auch die kräftigsten Muskelgruppen finden sich im unteren Teil des Körpers. Durch die Entfernung von Hüfte und Beinen kann man das Körpergewicht um mehr als sechzig Prozent verringern. Das war meine große Entdeckung. Nicht mehr und nicht weniger.«

Jan Peters Homepage führte zu Tausenden von Rückmeldungen. Viele Menschen wünschten sich eine vergleichbare Operation. Unzählige Zuschriften kamen auch von Menschen, die zuvor durch irgendwelche Unfälle ihre Beine verloren hatten. Jan Peter entschloss sich deshalb dazu, einen Teil seiner vielen Millionen Kronen zu nutzen, um diese Menschen zu unterstützen. Er selbst kam für mehr als hundert Operationen auf, von denen siebenundachtzig erfolgreich verliefen.

Die neuen Vogelmenschen fühlten eine tiefe Verbundenheit und Loyalität zu Jan Peter und wollten gerne für ihn arbeiten. JPFly.com hatte deshalb bereits kurz nach seiner Gründung siebenundachtzig Vogelmenschen. Bald darauf konnte die Firma sich das Patent an der sogenannten Lassen-Operation sichern, sodass in den folgenden Jahren allein mit den Rechten unglaublich viel Geld verdient wurde. Hinzu kamen die Dienste, die die Vogelmenschen im Auftrag verrichteten. Einige wurden sogar vom amerikanischen Militär beschäftigt, um schwierige Erkundungsarbeiten zu übernehmen, da sie lautlos flogen und auf keinem Radar zu sehen waren. Für diese Aufgaben hatte JPFly.com Kostüme erstellt, in denen die Vogelmenschen auf größere Distanz kaum von Adlern, Albatrossen oder Pelikanen zu unterscheiden waren. Der Einsatzort bestimmte, welche Art von Kostüm verwendet wurde. Als Konsequenz wurden in der Folge allerdings zahlreiche, häufig geschützte Vögel aus Sicherheitsgründen abgeschossen, was ziemlich ironisch ist, denkt man an den Ausgangspunkt der Geschichte. Erkundungsflüge für das Militär waren aber nicht die einzigen Aufgaben, für die die Vogelmenschen gebucht wurden. Es wurde mit der Zeit Standard, sie als Kameramänner bei der Tour de France einzusetzen. Andere Bereiche waren Lawinensprengungen, Rettungseinsätze und vieles mehr.

JPFly.com hatte deshalb schon bald so viel zu tun, dass per Annonce nach neuen Vogelmenschen gesucht werden musste. Besonders erfolgreich gestaltete diese Suche sich in Asien, wo viele Menschen von Natur aus klein und schlank sind und die Armut sie zwingt, alles nur Erdenkliche zu tun. Zehn Jahre nachdem Jan Peter sich das erste Mal vom Mount Kopenhagen gestürzt hatte, beschäftigte JPFly.com 4.700 Vogelmenschen, und die Zahl der Angestellten wurde immer größer.

Jan Peter kam in dieser Zeit mit Ingrid zusammen, sie gehörte zu den ersten 87 Vogelmenschen. Gemeinsam bekamen sie einen Sohn, den sie Mads nannten. Es war für die Vogelmenschen wichtig, kurze, einsilbige Namen zu haben, damit diese in der Luft klar und deutlich ausgesprochen werden konnten. Jan war ein guter Name, wie auch Mads, Ingrid eignete sich weniger, weshalb sie nur Rid genannt wurde. Mads war der erste Säugling, bei dem die Lassen-Operation durchgeführt wurde, und damit der Erste, der als Vogelmensch aufwuchs.

Mads entwickelte sich mit der Zeit zu einem ausgezeichneten Flieger. Die Operation war bei ihm sehr früh durchgeführt worden, als sein Skelett noch elastisch und nicht ausgewachsen war, sodass er sich wie niemand sonst an das Leben in der Luft anpassen konnte. Schon als Fünfjähriger flog er mit den Vögeln um die Wette und vollbrachte die reinsten Kunststücke. Er schaffte es, nach Fischen zu tauchen oder über einen Monat in der Luft zu bleiben, wenn die Thermik günstig war.

Als Mads neun Jahre alt wurde, hatte JPFly.com mehr als 55.000 Angestellte. Die Bewegung war aufgrund ihrer wachsenden Größe, ihrer vielfältigen Einsatzgebiete und ihres Marktwertes, der von den Experten mit mehr als hundert Milliarden Kronen angegeben wurde, ein politischer Faktor, mit dem man rechnen musste und den es nicht zu unterschätzen galt.

An einem Tag, an dem Jan, Rid und Mads ihren Morgenflug über den Seen in Kopenhagen machten, wurden sie auf etwas aufmerksam, das weitreichende Konsequenzen haben sollte. Auf der Vester Søgade verprügelten drei junge Männer einen weiblichen Vogelmenschen. Jan war der Erste, der den Überfall bemerkte, und rief: »*RID, RID,*

SIEH DA, MADS, SIEH DA, STEIN, STEIN, SCHLAGT ZU!« Alle drei stürzten sich nach unten und holten sich je einen Stein, den sie auf die Köpfe der drei jungen Männer warfen. In den folgenden Wochen gab es immer häufiger Überfälle auf Vogelmenschen. Der Grund war ihr fremdartiges Aussehen. Jan Peter ging daraufhin zum Ministerpräsidenten und forderte strengere Strafen für Überfälle auf Vogelmenschen. Der Ministerpräsident wollte aber keine Unterschiede zwischen Menschen und Vogelmenschen machen und argumentierte, dass jede Sonderregel für Vogelmenschen in Wahrheit eine Diskriminierung der neuen Rasse darstelle. Jan Peter ließ sich nicht überzeugen und drohte schließlich damit, mit seiner Firma nach Indien zu gehen, sollte der Ministerpräsident seinen Wünschen nicht nachkommen.

Kurz darauf zog JPFly.com nach Indien.

Mit dem Umzug auf den Subkontinent und dem dort entstehenden Boom war die Bewegung plötzlich im Mittelpunkt des Interesses aller Staatspräsidenten der Welt. Es war ein kluger Schachzug gewesen, nach Indien zu gehen. Viele Menschen lebten dort in krasser Armut, und ein Großteil der Bevölkerung war auch aus physiologischer Perspektive perfekt zum Vogelmenschen geeignet. JPFly.com führte die Operationen mittlerweile selbst durch und konnte die Kosten auf weniger als fünfzigtausend Kronen drücken – ein Betrag, den jeder junge und einigermaßen funktionierende Vogelmensch im Laufe weniger Monate als Angestellter von JPFly.com wieder verdiente.

JPFly.com expandierte nach dem Umzug nach Indien immer mehr. Viele Vogelmenschen entschlossen sich wie Jan Peter und Rid, ihre Kinder schon in jungen Jahren operieren zu lassen, und als Mads zwanzig wurde, hatte die Firma bereits zwölf Millionen assoziierte Vogelmenschen, was die Vogelmenschindustrie zum am schnellsten wachsenden Wirtschaftszweig weltweit machte. JPFly.com verfügte mittlerweile über ein größeres Areal in Südindien, das nach den Bedürfnissen der Vogelmenschen gestaltet war.

Um den Erfolg von JPFly.com in Indien zu verstehen, wie auch die daraus resultierenden Konsequenzen für das Land, muss man die indische Gesellschaftsstruktur kennen.

Im Hinduismus gibt es vier Kasten: Die Brahmanen sind Priester und Gelehrte, die Kshatriyas Fürsten, Krieger und höhere Beamte, die Vaishyas Bauern und Kaufleute und die Shudras Knechte und Dienstleister. Unter diesen vier Kasten rangieren die Unberührbaren, die nur als unrein angesehene Arbeiten durchführen dürfen. Sie transportieren den Müll ab, reinigen die Latrinen und so weiter. Sowohl die Unberührbaren als auch die Shudras müssen den drei höheren Kasten dienen. Welcher Kaste man angehört, ist eine Konsequenz der Tätigkeiten, die man in seinem früheren Leben ausgeübt hat. Ein Aufstieg in eine höhere Kaste verlangt die totale Akzeptanz der aktuellen Inkarnation, also der aktuellen Kaste. Die indische Gesellschaft ist dadurch ultrakonservativ und aus sozialer Perspektive vollkommen undynamisch. Obwohl das Kastensystem 1947 offiziell abgeschafft und Reformen durchgeführt wurden, durch die es den Unberührbaren möglich wurde, Land zu besitzen und eine Ausbildung zu machen, hat das Kastensystem in der indischen Gesellschaft überlebt.

JPFly.com nutzte die soziale Stagnation in Indien und rekrutierte die meisten Vogelmenschenkandidaten aus den Kreisen der Unberührbaren. Sie stellten ein schier unerschöpfliches Reservoir an Menschen dar. JPFly.com war mittlerweile das größte Unternehmen Indiens, sodass die Regierung eine Vereinbarung mit den Brahmanen traf, dass jeder Vogelmensch, ungeachtet seiner früheren Kaste, automatisch in die Kaste der Vaishyas aufrückte.

Diese Vereinbarung hatte mehrere Konsequenzen. Zum einen führte sie dazu, dass noch mehr Menschen Vogelmenschen werden wollten, zum anderen, dass die Menschen, die erfolgreich operiert worden waren, mitsamt ihren Familien als Vaishyas galten, denn es war ausgeschlossen, dass Familienmitglieder anderen Kasten angehörten. Letztendlich hatte dies zur Folge, dass die Unberührbaren als soziale Kategorie weitestgehend verschwanden, da fast jede Dalit-Familie Indiens mindestens einen Vogelmenschen in ihren Kreisen hatte. Mahatma Gandhi hatte die Überwindung der Kastenschranken angestrebt, doch richtig umgesetzt wurde dies erst durch Jan Peters Unternehmung. Es muss hier allerdings erwähnt werden, dass die Lassen-Operation nicht immer erfolgreich verlief, sondern immer wieder auch zu massiven Behinderungen bei den Behandelten führte. Diese Menschen hatten weder Beine noch Hüften und konnten weder fliegen noch laufen, und in gewisser Weise nahm diese Gruppe den Platz der Unberührbaren ein.

Jan Peter starb im Alter von fünfundsiebzig Jahren an Herzversagen bei einem seiner Morgenflüge. Die Beerdigung war in jeder Hinsicht beeindruckend. Jan Peter wurde für mehr als einen Monat aufgebahrt, und mehr als hundert Millionen Menschen aus der ganzen Welt defilierten an seinem Sarg vorbei und betrachteten ihn ein letztes Mal. Der Himmel war schwarz von Vogelmenschen, die Trauerformationen flogen.

Nach Jan Peters Tod übernahm Mads die Firma, und wenige Jahre später wurde er der erste demokratisch gewählte ausländische Präsident in der indischen Geschichte. Seit JPFly.com ins Land gekommen war, hatte sich das indische Bruttoinlandsprodukt verdreifacht. Die Anzahl der Menschen, die unter extremer Armut litten, war damit um gut zwei Drittel verringert worden. Jan Peter wurde vom indischen Volk zum Mahatma ernannt und später auch vom Vatikan heiliggesprochen. Jan Peter wurde nach seinem Tod auch immer wieder mit dem Erzengel Gabriel verglichen, und seine Tagebücher wie auch seine Auftritte in den diversen Talkshows wurden bis in alle Ewigkeit analysiert. Mads sorgte dafür, dass all die Geschichten über seinen Vater von einigen der renommiertesten Autoren Indiens niedergeschrieben wurden.

Eine Geschichte war in Indien besonders populär. Eine Kindheitserinnerung, die Jan Peter angeblich einer Gruppe erster Vogelmenschen erzählt hatte.

»*Als ich zehn Jahre alt war, wachte ich eines Morgens kurz vor der Regenzeit sehr früh in meinem Zimmer in Amager auf. Das Zimmer war groß und hell. Eigentlich war es das Schlafzimmer meiner Eltern gewesen, aber nach dem Tod meiner Mutter hatte mein Vater dort nicht mehr schlafen wollen. Ich weiß noch, wie das Sonnenlicht durch das Fenster fiel und den Raum so warm machte, dass ich aus dem Bett aufstand, um ein bisschen frische Luft hereinzulassen.*

Das Fenster klemmte, und ich drückte deshalb mit ganzer Kraft, sodass die Fensterflügel schließlich rechts und links an die Hauswand schlugen. Und als es knallte, PENG, fiel ein Vogel vom Feigenbaum im Garten zu Boden – tot. Ich weiß noch, wie ich einen Moment dastand und mich fragte, was da passiert war. Es war kaum vorstellbar, dass das Knallen eines Fensters zum Tode eines Vogels in einem mehr als zwanzig Meter entfernt stehenden Baum führen sollte. Andererseits war das derart synchron passiert, dass es eigentlich kein Zufall sein konnte.

Ich lief in den Garten und kniete mich neben dem toten Vogel hin. Es war ein kleiner Wellensittich. Er hatte keine sichtbare Wunde, sah ganz heil aus. Er hatte die kleinen, dünnen Beinchen an den Körper gezogen. Ich nahm den Vogel vorsichtig in die Hand. Er war so leicht, dass ich mich, während ich zum Haus ging, immer wieder vergewissern musste, dass ich ihn wirklich noch in der Hand hielt.«

Mads ließ auf einem für Menschen unerreichbaren Berggipfel einen gigantischen Palast zu Ehren seines Vaters errichten. Der Palast war so groß, dass er den Petersdom in
Rom ganze vier Mal hätte aufnehmen können.

*Das ganze Jahr über fanden auf dem Mount Kopenha-
gen verschiedene Sportveranstaltungen statt. Im Winter
diverse Wintersportaktivitäten, darunter der Weltcup im
Abfahrtslauf, im Sommer gab es Sportangelwettkämpfe,
darüber hinaus aber auch Kletterwettbewerbe, Wande-
rungen, Mountainbiken und den jährlichen Extremlauf
Copenhagen X. Alle Einnahmen gingen ans Konsortium,
dem der Berg gehörte. Allein der Wintersport brachte
einen Überschuss von knapp drei Milliarden Kronen pro
Jahr ein, was dazu führte, dass das Konsortium zehn Jahre
früher als geplant mit der Rückzahlung seiner Schulden
beginnen konnte. Der Gesamtgewinn, der sich dem Berg
verdankte, lag bei etwa zwölf Milliarden Kronen pro Jahr.
Hinzu kamen die Wertsteigerung der Grundstücke, der
immer stärker florierende Tourismus, der zunehmende
Marktwert Dänemarks und die damit verbundenen Aus-
landsinvestitionen, die seit dem Bau des Berges immer
mehr ins Land strömten und wirtschaftliche Dynamik
und Optimismus noch weiter förderten. Das Konsortium
richtete am zehnten Geburtstag des Mount Kopenhagen
einen unabhängigen Wirtschaftsrat ein, der die durch den*

Berg generierten direkten und indirekten Einnahmen kalkulieren sollte. Nach Berechnungen dieses Rates belief sich der Wert des Berges nach zehn Jahren auf mehr als zwei Billionen Kronen. Nicht berücksichtigt waren bei dieser Kalkulation die Schönheit des Berges sowie das Wohlbefinden und die Freude, die er bei den Menschen auslöste. Der Rat rechnete damit, dass der Mount Kopenhagen auch noch in 50.000 Jahren mehr oder weniger unverändert sein würde.

KANDIERTE FEIGEN

In Kopenhagen wurde jedes Jahr der Extremlauf Copenhagen X veranstaltet. Er begann am Rathausplatz im Stadtzentrum und endete am Gipfel des Mount Kopenhagen. Alles in allem 160 Kilometer, die letzten hundert auf über 2.500 Metern Höhe. Beim zehnjährigen Jubiläum der Veranstaltung lief der siebenundzwanzigjährige Allan Jørgensen, trotz seines jungen Alters bereits Pastor der Johanneskirche am Mount Kopenhagen, mit.

Allan glaubte, Gott durch körperliche Verausgabung finden zu können. Inspiriert hatte ihn dazu eine Geschichte aus dem Alten Testament. Allan war der festen Überzeugung, dass alle, die laut den Evangelien Gott begegnet waren, zuvor eine körperliche Prüfung hatten bestehen müssen. Entweder waren sie wochenlang ohne Essen und Trinken durch die Wüste gewandert, oder sie hatten einen Berg bestiegen oder eine andere kräftezehrende Arbeit hinter sich. Wer begann in solchen Situationen nicht zu halluzinieren? Und niemand konnte schließlich sagen, ob Gott sich nicht gerade in solchen Momenten zeigte. Die Pilgerzüge basierten seit Jahrhunderten auf derselben

Logik. Außerdem hatte er als Kind eine Reihe von Comics und Büchern über die nordamerikanischen Indianer gelesen. Und auch diese konnten in Kontakt mit ihren Ahnen treten, wenn sie sich tagelang allein und ohne Essen und Trinken auf einen Felsen setzten. So ließ sich für Allan auch erklären, warum Gott sich in der säkularisierten, demokratischen, westlichen Gesellschaft so selten zeigte. Es mangelte einfach an Entbehrung und Leid, den Menschen ging es zu gut.

Allan hatte schon lange vorgehabt, seine Theorie in der Praxis zu testen, der Copenhagen X bot eine willkommene Gelegenheit.

Der Lauf fand immer am ersten Sonntag im August statt, der in diesem Jahr außergewöhnlich warm war. Das Thermometer war bereits auf 35 Grad gestiegen, als sich die mehr als 3.000 Läufer auf dem Rathausplatz versammelten. Presse und Fernsehen berichteten. Über den Läufern schwebten Vogelmenschen mit Kameras an der Stirn, sie sollten den Läufern über den Tag hinweg folgen. Die Aufmerksamkeit der Medien richtete sich natürlich auf die wenigen Leistungssportler, die den Sieg aller Voraussicht nach unter sich ausmachen würden.

Allan stand weit hinten, aber er war vorbereitet. Er hatte über Monate hinweg intensiv trainiert. Am Tag zuvor hatte er Unmengen von Spaghetti mit Hühnchen gegessen, damit er genug Kohlenhydrate bekam, und noch am Morgen hatte er drei Liter Wasser getrunken.

Um den Bauch hatte er in einem Laufgürtel zwölf kleine Flaschen mit Elektrolytlösung geschnallt, die seinen
Flüssigkeits- und Mineralhaushalt zwischen den Ver-
pflegungsstationen stabil halten sollten. Er trug eine
schwarze NikeFusion Compressor 3 Laufhose und ein
Fusion Performing Mesh Trikot, das ebenso eng anlag
wie die Hose.

Als 50 Kilometer nach dem Start der Anstieg begann,
fühlte Allan sich noch richtig gut. Er lief schon seit drei-
einhalb Stunden und lag genau in seinem Plan. Zu keinem
Zeitpunkt hatte er versucht, sein Tempo zu erhöhen. Nach
etwa 30 Kilometern Steigung trank er seine letzte Flasche
aus. Weitere 30 Kilometer später durchströmte ihn eine
seltsame Mattheit. Allan lief noch 20 Kilometer weiter.
Er hatte die 130-Kilometer-Marke passiert, als ihm übel
wurde und er stehen bleiben musste. Er erbrach sich, und
als er sich hinzusetzen versuchte, kollabierte er und rollte
in den Straßengraben.

Einige Stunden später kam Allan heftig zitternd wieder zu
sich. Er war nicht imstande, sich zu bewegen, geschweige
denn zurück auf den Weg zu krabbeln. Er blieb noch vier
Stunden liegen, bis es Abend wurde. Zwischendurch verlor er immer wieder das Bewusstsein. Er lag da, starrte
in den Himmel und sah, wie aus dem Blau erst Rot und
schließlich Schwarz wurde. Dann trat der HERR vor ihn
und sagte:

    »Gehe hin und pflanze einen Feigenbaum in die süd-
östliche Ecke des Pfarrgartens. Der Baum wird mit den

Jahren einen hübschen, blauen Schatten auf die Platten im Garten werfen, sodass diese dich im Sommer kühlen können. In drei Jahren, wenn die obersten Zweige des Baumes über die Gartenmauer reichen, musst du die Feigen ernten, sie säubern und mit Cointreau flambieren. In der Pfanne lässt du 200 Gramm ökologisch angebauten Rohrzucker karamellisieren, bevor du etwas Bio-Wildblütenhonig hinzufügst, des Weiteren 400 Milliliter Wasser, etwas Sherry, Rotwein, Balsamessig, eine Zimtstange, drei Nelken sowie einen frischen Rosmarinzweig. Lass die Feigen eine Stunde kochen und nimm sie dann aus dem Sud. Reduziere den Sud anschließend auf ein Drittel. Wenn die Feigen abgekühlt sind, füllst du sie in ein sauberes Marmeladenglas mit dicht schließendem Deckel und begießt sie mit dem eingekochten, abgekühlten Sud. Die Feigen können schon am nächsten Tag gegessen werden und halten sich drei Monate. Die kandierten Feigen servierst du deiner Gemeinde am ersten Sonntag im Monat. Später im Jahr wird deine Frau dir einen Sohn gebären, ihr sollt ihn Josef nennen.«

Gesegnet mit dieser Weisung, gelang es Allan, zurück zum Weg zu krabbeln, wo er kurz darauf von einem grönländischen Parkranger gefunden und ins Krankenhaus gebracht wurde. Allan war so stark dehydriert, dass seine Nieren versagt hatten. Die Ärzte fügten ihm im Laufe des ersten Tages 30 Liter Wasser zu, um seine Nieren wieder zu aktivieren, während er in der Dialyse war. Das Wasser schwemmte seinen Körper und sein Gesicht auf, sodass er aussah, als wäre er von einem geheimnisvollen Dämon besessen. Nach ein paar Wochen ging es ihm deutlich besser, und er konnte entlassen werden. Noch am selben Tag fuhr er ins Bo-Grønt Gartencenter in Rødovre und kaufte ein kleines Feigenbäumchen, das er genau gemäß den Anweisungen des HERRN pflanzte.

Drei Jahre später reichten die Zweige des Feigenbäumchens über die Gartenmauer. Allan erntete und kandierte die Früchte und lud seine Gemeinde am ersten Sonntag des Monats zu kandierten Feigen mit Pfannkuchen ein. Zwei Jahre zuvor hatte seine Frau Linda ihren dritten Sohn geboren, den sie Josef nannten. Josef war ein flinker Kletterer, er bezwang jeden Baum, und schon im Alter von zwei Jahren erklomm er die Spitze des Feigenbaums, wo er stundenlang sitzen und über die Gartenmauer schauen konnte. Der Baum stand perfekt in der Ecke des Gartens und warf einen schönen, blauen Schatten auf die Platten am Boden. Im Sommer saß Allan oft unter dem Baum auf einem Stuhl im Schatten und genoss die kühle Luft, während er in den Evangelien las.

In den folgenden Jahren absolvierte Allan den Copenhagen X ganze 66 Mal, dazu 158 Marathonläufe in der ganzen Welt, 32 Wasaläufe und einmal sogar einen dreitägigen Ski-Extremlauf in Alaska über 400 Kilometer bei minus 30 Grad. Mit 67 Jahren bestieg er den Mount Everest als ältester Däne überhaupt und im Jahr darauf den K2 in Pakistan, der technisch deutlich anspruchsvoller ist. Seinen letzten Copenhagen X bestritt er mit 93 Jahren.

Allan starb im Alter von 128 Jahren bei einer Klettertour auf der steilen Nordseite des Mount Kopenhagen. Beim letzten Sonntagsgottesdienst, den er abhalten konnte, waren mehr als 300 Gläubige in der Kirche, eine Zahl, die keine andere Gemeinde Dänemarks auch nur annähernd erreichte. Nach der Predigt wurden alle zum Essen ins Pfarrhaus eingeladen. Haus und Garten faszinierten mit ihrer Vielzahl von exotischen und einheimischen Pflanzen. Im Garten gediehen neben dem Feigenbaum ein Kirschbaum, ein Apfelbaum und diverse Pfirsich- und Birnbäume. In dem großen und sehr gepflegten Gemüsegarten gab es Karotten, Pastinaken, Zwiebeln, Kohl, Erbsen, Topinambur und alle Arten von Gewürzkräutern. Kaffee- und Teepflanzen sowie andere Gewächse, die mehr Wärme benötigen, wuchsen in einer Orangerie.

Die Einladungen mit der Menü-Karte waren zuvor an die Gemeinde verschickt worden. Folgendes wurde gereicht:

Scholle in Petersilienbouillon an einem Frikassee
von Kartoffeln und Schwarzwurzeln
Gedämpfter, gratinierter Spitzkohl mit
Limetten-Hollandaise
Gefüllte Tauben mit Leber, Spinat und
Zucchini
Steinpilze mit Petersilie und Knoblauch
Zander mit Fenchel
Topinambursuppe mit Kalbsbacon und
gerösteten Pfifferlingen
Pochiertes Rumpsteak mit Meerrettichsoße

*Mount Kopenhagen Lachs auf selbst gebackenem
Roggenbrot
Lauwarmer Brombeer-Mandelkuchen
Sommerbeerentarte[3]
Kandierte Feigen*

*Selbst gerösteter Kaffee aus der Orangerie
mit Mutters Ingwerkeksen*

Allan und Linda waren alt, und ein derart umfassendes Menü hätten sie ohne ihre elf Kinder, 23 Enkelkinder, 57 Urenkel, 14 Ururenkel und drei Urururenkel, die ihnen bei allem halfen, niemals anbieten können.

---

3   Die Gerichte stammen aus dem Kochbuch *Året rundt i Meyers Køkken*, Fisker & Schon, 1993.

Dänemark liegt in einer Westwindzone, was heißt, dass der Wind meistens aus Westnordwest kommt. Die Errichtung des Mount Kopenhagen führte dazu, dass die Wolkensysteme von der Nordsee nicht mehr im gleichen Umfang über Seeland ziehen konnten wie zuvor. Die Leeseite des Mount Kopenhagen erstreckte sich von der südöstlichen Seite des Berges über Amager und die östlichsten Gemeinden von Südseeland. Dieser Bereich hatte deutlich mehr Sonnenstunden als der Rest des Landes, was bedeutete, dass die Winter kälter und die Sommer wärmer waren. Einige der dortigen Landwirte stellten auf Weinbau um. Die entgegengesetzte, also nordwestliche Seite lag nur selten im Windschatten und bekam mehr Regen ab. Die Wolken stiegen, wenn sie auf den Berg trafen, wurden dichter und regneten ab. Roskilde, Vanløse, Rødovre und Hvidovre bekamen dreimal so viel Regen wie zuvor. Der Westwind, der um den Berg strich, war kalt und endete so gut wie nie, sodass er im Volksmund den Namen Nordseemistral erhielt. Die höheren Regenmengen westlich des Berges kamen oft in den Sommermonaten, häufig in Form heftiger Gewitter.

Besonders die Region rund um Stenløse war davon betroffen.

MAGNETO

Als Folge einer kontinuierlichen Reihe von großen und kleineren Demütigungen während seines ganzen langen Lebens war Flemming Aksel Møller magnetisch geworden. Als Zwölfjähriger verlor er seine Eltern und seine kleine Schwester bei einem Verkehrsunfall. Er hatte keine anderen Familienmitglieder, die sich um ihn kümmern konnten, weshalb die Gemeinde sich seiner annahm. Flemming war ungewöhnlich groß für sein Alter. Mit sechs Jahren hielten ihn alle für einen zurückgebliebenen Zwölfjährigen, und als er zwölf Jahre alt war, glaubten alle, er wäre einundzwanzig. Deshalb verschaffte die Gemeinde ihm eine Wohnung, sodass Flemming schon im Alter von zwölf Jahren allein in einem kleinen Haus am Stadtrand von Stenløse wohnte, von wo aus er jeden Tag zur Schule ging.

Der Alltag ganz allein war für Flemming eine große Herausforderung: die Einkäufe im Supermarkt, das Putzen und Waschen, die Rechnungen. Doch mit den Jahren lernte er, sein Leben einigermaßen zu meistern.

In der Schule war Flemming immer gemobbt worden, sogar wegen des Todes seiner Familie. Flemming erinnerte sich an keine Periode seines Lebens, in der er nicht gemobbt worden war. Auch die Erwachsenen mochten ihn nicht, weder im Kindergarten noch in der Schule. Er war weder knuffig noch süß oder interessant. Außerdem sagte er kaum ein Wort und kam allen etwas ungepflegt vor.

Nach einigen Jahren allein in dem kleinen Haus schienen ihm die täglichen Hänseleien in der Schule nicht mehr so viel auszumachen. Er war immun gegen das herablassende Grinsen, die höhnischen Blicke und die ausgestreckten Zeigefinger. Ganz zu schweigen von den Schlägen, die er immer wieder einstecken musste. Das alles schien irgendwann nichts mehr mit ihm zu tun zu haben, wie ein Spiel, von dem man sich abmeldet und das man anschließend teilnahmslos beobachten kann. Er betrachtete die Mitschüler nicht mehr als Menschen, sondern als Gegenstände, die um andere Gegenstände kreisten. Wie es dazu gekommen war, verstand er nicht, es interessierte ihn aber auch nicht. Flemming war nicht der Typ, der durch seine Isolation besondere Fertigkeiten entwickelte, er wurde kein Rechen- oder Geschichtsgenie und hatte auch keine besonderen sportlichen Fähigkeiten. Er war einfach für sich und machte sich keine Gedanken, jedenfalls konnte er sich später an keine speziellen Gedanken erinnern. Er war sozial isoliert und talentlos, und doch hatte er – wie sich schließlich herausstellen sollte – eine besondere Eigenschaft. Er war magnetisch.

Richtig bewusst wurde Flemming das allerdings erst als Erwachsener. Es begann im Kleinen und ohne dass ihm das richtig auffiel. Vielleicht wollte er es aber auch einfach nicht wahrhaben. Wenn er von der Arbeit im Supermarkt, wo er sich um das Leergut kümmerte, nach Hause kam, hingen oft kleine Deckel, Drähte, Schrauben oder andere Metallteilchen unter seinen Schuhsohlen oder an seiner Hose. Flemming hielt das für ein ganz normales Problem und ging davon aus, dass auch alle anderen Hose und Schuhe von Metallgegenständen reinigten, wenn sie zu Hause waren.

Eines Tages, als er nach einem Spaziergang über einen Parkplatz nach Hause ging, hörte er das Klimpern von Blech, das über den Asphalt rollte. Er dachte nicht weiter darüber nach. Erst als ihm bewusst wurde, dass kein Wind wehte, blieb er stehen und sah sich auf dem Platz um. Vier Kronkorken rollten in Kreisbewegungen auf ihn zu. Wie Eiskunstläufer, die rückwärts über das Eis gleiten. Der erste Deckel blieb liegen, als er Flemmings linken Fuß erreichte. Verwundert warf er einen Blick auf den kleinen Freund, der sich an die Spitze seines Schuhs geheftet hatte. Auf diese Art war ihm sein Magnetismus noch nie aufgefallen. Gleichzeitig fühlte er so etwas wie Fürsorge für den kleinen Deckel. Er hatte das Gefühl, ihn vor einem bösen Schicksal bewahrt zu haben. Das kleine Metallstück strahlte Hilflosigkeit aus, wie es sich so verzweifelt an ihn klammerte und zu ihm nach oben starrte. Klick!, machte es, als der nächste Deckel sich an seinen Absatz heftete, gefolgt von einem weiteren. So ging es ein paar Jahre, in denen Flemming einfach durch die Gegend lief und kleine verlassene Metallgegenstände erlöste.

Ein paar Jahre später wurde es problematischer. In dieser Zeit konnte er seinen Magnetismus nicht mehr ignorieren. Überdies zeigte sich, dass sich seine Anziehungskraft mit jedem Metallstück, das er mit nach Hause nahm, erhöhte. Zu Hause hatte er neben seiner Sammlung nur wenig metallene Gebrauchsgegenstände. Eine Gabel, einen kleinen und einen großen Löffel und ein Messer. In der letzten Zeit war sein Magnetismus so stark geworden, dass das Besteck sowie alle Drähte und Schrauben ihn schon im Flur empfingen, wenn er nach Hause kam. Sie standen senkrecht in der Luft, als wären sie kleine, dressierte Pudel, die auf den Hinterbeinen hüpfen, um sich ein Leckerli zu sichern. Wenn er die Tür öffnete, sprangen sie ihm entgegen und umarmten ihn so herzlich, wie nur Besteck und kleine Metallteile dies tun können.

Nachts schlief Flemming nicht mehr gut. Ängstlich fragte er sich immer wieder, wie sein Magnetismus enden würde. Auf der anderen Seite sorgte er sich um all die kleinen, herrenlosen Metallteile überall auf der Welt. Sie klimperten in irgendwelchen Parks, auf Parkplätzen und Autobahnen herum und warteten nur darauf, sich in seine Arme werfen zu können. War er dann endlich eingeschlafen, wurde er häufig von einem Klopfen geweckt, wenn die kleinen Metallgegenstände rund um das Haus im Laufe der Nacht dank der elektrischen Ladung ihren Weg zu seiner Tür gefunden hatten. Mehrmals pro Nacht

stand er auf und ließ die kleinen verlorenen Dinger ins
Warme.

Monate und Jahre verstrichen, und immer mehr Metall
sammelte sich in Flemming Aksel Møllers kleinem Haus
an. Er ging nicht mehr nach draußen, sondern bestell-
te Pizza und bat den Boten, den Karton vor die Haus-
tür zu stellen. Flemming trug große Mengen Metall mit
sich herum. Er bemerkte es nicht, das Metall in seinem
Haus und an seinem Körper wurde immer zahlreicher.
Es war normal für ihn, dass ein paar Löffel an seiner
Stirn und ein Mixer in seinem Nacken klebten, ganz zu
schweigen von den Kleinteilen, die seinen Körper über
und über bedeckten. Er sah es, wenn er den Blick nach
unten richtete. Er achtete allerdings darauf, kein Metall
in die Augen zu bekommen, wenn er ein Buch las oder
einfach nur in einem Sesel saß. Manchmal spürte er es,
wenn eine Schraube oder etwas anderes sich losriss und
ihm in die Augen springen wollte. In diesen Momenten
schritt er blitzschnell ein, wobei er immer darauf achtete,
das Metallteilchen so sorgsam zu behandeln, als wäre es
ein kleines Kind oder ein Haustier.

Sein Magnetismus wuchs in den folgenden Jahren zu
einer enormen Kraft heran, so kam es ihm auf jeden Fall
vor. Sein ganzes Haus schien eine große Energiemasse geworden zu sein, die die Luft erzittern ließ.

Eines Nachts, als es draußen regnete und ein heftiger
Sturm tobte, wachte Flemming davon auf, dass etwas

mit ohrenbetäubendem Lärm gegen seine Tür krachte. Er fürchtete für einen Moment, dass die Dorfbewohner sich versammelt hatten, gemeinsam gegen ihn Front machten und draußen mit brennenden Fackeln auf ihn warteten. Aber da war niemand, der ihn aus seinem Haus vertreiben wollte. Durch den Spion erblickte er zwei seltsame, jedoch bekannte Gegenstände, die er seit Jahren nicht mehr gesehen hatte. Es war eine Art Fließband an einem Metalltisch. Am Rand des Tisches steckte eine kleine, gelbe Fahne, auf der *Kasse 1* stand. Es konnte sich nur um die Kasse 1 aus dem Supermarkt handeln, die sich im Laufe der Nacht losgerissen hatte und die zwei Kilometer zu Flemmings Haus gerutscht war. Kasse 1 kratzte an der Tür, und die verbeulten Metallteile rieben sich quietschend an den Scharnieren. Als Flemming die Tür öffnete, wollte die Kasse sich in seine Arme werfen. Sie hatte aber nicht genug Kraft, um richtig abzuheben, weshalb sie mit einem Krachen wieder zu Boden ging und die Platten im Flur zerschmetterte. Kasse 1 kämpfte weiter und kroch kreischend auf Flemming zu. Sie sah aus wie ein verwundeter Soldat, der sich durch den Matsch schleppt. Flemming tat die Kasse leid, daran bestand kein Zweifel, trotzdem wurde ihm in diesem Moment klar, dass ihm das alles über den Kopf wuchs.

Er konnte unmöglich mit der Kasse auf seinem Bauch schlafen, doch dazu würde es kommen, wollte er nicht, dass die Kasse auf der Suche nach ihm alles kaputt machte. Flemming hob die Kasse mit einer Leichtigkeit an, die ihn selbst verwunderte, trocknete sie mit einem Badetuch ab und trug sie ins Bett. Er redete beruhigend auf sie ein und legte schließlich sogar eine Decke über sie. Am nächsten Tag wurde deutlich, dass er es nicht zulassen konnte, dass die Kasse sich selbstständig durch sein Haus bewegte. Flemming musste sie wie einen Säugling mit sich herumtragen.

Mit all den anderen Dingen, die Flemming mit sich herumschleppte, trug er inzwischen ein Gewicht von mehreren Hundert Kilogramm, aber das spürte er kaum, und er machte sich auch keine Gedanken darüber. Sein Körper war unter all dem Metall von einer dicken Hornhaut bedeckt, trotzdem stachen die Metallteile ihm immer wieder durch die Haut. Flemming hatte begonnen, mit all seinen Kindern zu sprechen. Er hatte Lieblinge und andere, die er als frech und manchmal gar unanständig erachtete. Kasse 1 war sein absoluter Liebling, er sang für sie und wiegte sie in den Armen, wenn sie traurig war. Alles in allem war das eine glückliche Zeit für Flemming.

Mit den Jahren sammelte sich aber so viel Metall in dem kleinen Haus an, dass Flemming nicht mehr aus den Fenstern blicken konnte. Drinnen war es stockfinster. Flemming hatte sich an die Dunkelheit gewöhnt und holte seine Pizza immer erst dann, wenn die Sonne untergegangen war, um von dem Licht nicht geblendet zu werden. Das Haus hatte sich mittlerweile ein wenig abgesenkt und stand etwas schief, sodass es aussah, als hätte ein Kind es wahllos in einen Sandkasten platziert.

Einige Jahre später tobte ein Sturm über Dänemark, wie man ihn nie zuvor erlebt hatte. Kein bisheriger Sturm hatte auch nur annähernd solche Windstärken erreicht, sodass Autos durch die Luft geschleudert wurden und es überall Überschwemmungen gab. Er brachte ein gewaltiges Gewitter mit sich. Schon zuvor hatten Blitze in Flemmings Haus eingeschlagen, ja sogar ein paarmal in Flemming selbst, aber die Einschläge waren nicht stark gewesen, unter all dem Metall hatte er immer nur einen leichten Stoß verspürt. Dieser Sturm war jedoch anders. Am ersten Tag kollabierte das Haus und brannte nieder. Flemming, eingehüllt in die Dunkelheit des über und um sich angehäuften Metalls, registrierte diese Änderung nicht. Den Rest der Nacht und den ganzen folgenden Tag schlugen immer wieder Blitze in Flemming und den enormen Metallberg ein, der sich um ihn herum angesammelt hatte. Dieses Mal spürte er es. Die wiederholten Blitze ließen das Metall schmelzen und verbrannten seinen Körper. Er schrie vor Schmerzen und presste Kasse 1 an sich. Das Metall kreischte und ragte wie eine Säule aus Flemming empor. Drei Tage dauerte der gnadenlose Angriff, am Morgen des vierten lag Flemming bewusstlos auf einem Feld mehrere Hundert Meter von seinem Haus entfernt. Er wachte mitten am Tag auf und wusste sofort, dass sich etwas geändert hatte. Der Magnetismus war nicht mehr zu spüren, dafür bemerkte er die Kälte des Metalls auf seiner verbrannten Haut. Er richtete sich auf und sah sich um. Das Metall hatte sich um ihn geschart, ja an manchen Stellen hatte es sich in ihn gebohrt und Organe und Glieder umschlossen. Kasse 1 saß dort, wo sein rechter Arm einmal gewesen war, und all das Metall, das er im Laufe der Jahre gesammelt hatte, war zu einem unverwundbaren, metallen glänzenden Körper geworden. Er stand auf. Er war mehr als drei Meter groß und fühlte eine enorme Kraft durch seinen neuen Körper strömen. Der Blitzableiter auf dem Gipfel des Mount Kopenhagen glänzte in der Sonne. Er hob Kasse 1 und drehte sie ins Licht. Sie sah aus wie eine Bazooka, und die gelbe Supermarktflagge flatterte stolz im Wind. Flemming zielte mit der Kasse auf den Baum, der die Grenze zwischen den Feldern markierte, und ohne nachzudenken feuerte er eine Metallkugel ab, die das Holz des Baumes in tausend Splitter zerplatzen ließ. Er war Magneto geworden.

Als der Berg gerade einmal 15 Jahre existiert hatte, gelang es einer Tierschutzvereinigung, insgesamt 400 Nerze aus drei verschiedenen Pelzfarmen auf Seeland zu stehlen und am Mount Kopenhagen auszusetzen. Die Nerze wurden schnell zu einem großen Problem. Die Tiere kommen ursprünglich in Nordalaska und Sibirien vor, und da sie dort nur wenig Nahrung finden, sind sie von Natur aus mit einem mörderischen Instinkt ausgestattet, der sie alles angreifen lässt, was sich bewegt. Am Mount Kopenhagen gab es sehr viele Tiere, nicht zuletzt Vögel, sodass ein Nerz im Laufe eines Tages an die 25 Stockenten töten konnte. Innerhalb weniger Monate nach der Auswilderung waren fast alle Vögel ausgerottet. Die Nerze selbst überlebten nur ein bis zwei Jahre, dann starben sie an Stress. Diese Zeit reichte aber, um sich zu paaren und Junge zu zeugen, sodass der Bestand immer weiter anwuchs. Hinzu kam, dass Nerze in freier Wildbahn isoliert von ihren Artgenossen leben, sieht man einmal von der Paarungszeit ab, weshalb es große Revierkämpfe zwischen den Tieren gab. Die Parkranger sammelten jeden Monat Hunderte von toten Tieren ein. Das Nerzproblem nahm überhand, als viele von ihnen auf der Suche nach neuen Revieren den Berg verließen. Besonders die Gemeinde Glostrup wurde hart getroffen. Die Nerze begannen dort, wie Ratten in der Kanalisation zu leben, nur dass sie größer, schneller und aggressiver waren. Ein Nerz attackierte schließlich auf einem öffentlichen Spielplatz einen kleinen Jungen, und diese Episode führte dazu, dass man den Berg absperrte und das Militär zu Hilfe rief. Die Versicherung schätzte den durch die Nerze verursachten Schaden auf vier Milliarden Kronen. Hinzu kam, dass der Preis für Nerzfelle drastisch sank, jedoch weniger aufgrund all der illegalen Nerzpelze auf dem Markt, sondern vielmehr, weil die Menschen einfach keine Lust mehr auf Pelze dieser widerlichen kleinen Viecher hatten.

DER GARTENWICHTEL

Erik Evald wachte am Vormittag im Haus seiner Schwiegereltern auf, wo er über das Wochenende mit seiner Frau und ihren beiden Kindern zu Besuch war.

Es war niemand zu Hause, weshalb er sich eine Tasse Kaffee kochte und nach draußen auf die Terrasse ging, um eine Zigarette zu rauchen. Die Oktoberluft war ziemlich kalt. Erik wusste nicht, warum er so lange geschlafen hatte, für gewöhnlich war er als Erster der Familie auf. Es musste der Stress sein, unter dem er stand. Auch jetzt dachte er über das Projekt nach, für das er die Verantwortung hatte. Er holte sich einen Block und einen Kugelschreiber aus der Küche und machte sich ein paar Notizen. Sachen, die er noch erledigen, und Menschen, die er treffen musste. Dann zündete er sich eine weitere Zigarette an, stand auf und trat ans Geländer. Die anderen waren sicher in die Stadt gefahren, um einzukaufen, dachte er. Er wollte die Ruhe genießen, so lange sie andauerte. Gleich würden die Kinder wieder auf ihn zustürmen und ihm irgendein Spielzeug zeigen, das die Großeltern ihnen geschenkt hatten. Erik ließ seinen Blick über den Garten schweifen. Die meisten Bäume waren bereits kahl, auf dem Gras lag welkes, nasses Laub. Von der Terrasse konnte man in den Garten der Nachbarn schauen, der ein bisschen tiefer lag. Auf dem Rasen war ein kleines rotes Bündel zu erkennen, ein Schal oder ein Säckchen. Aus der Distanz konnte er das nicht beurteilen. Ungewöhnlich war das nicht. Die Nachbarn hatten Kinder und einen Hund, sodass immer wieder Sachen herumlagen, die vergessen worden waren oder die der Hund nach draußen geschleppt hatte. Von der Terrasse aus konnte Erik nicht bestimmen, was es war, aber irgendwie zog dieses rote Bündel seine Aufmerksamkeit magisch auf sich. Er musste es herausfinden.

Als er im anderen Garten stand, erkannte er, dass es ein kleiner Wichtel war. Er maß höchstens 40 Zentimeter, drei Viertel davon machte der Kopf aus. Er war tot, vielleicht wegen des Wetters vielleicht hatte ihn aber auch der Hund oder eine Katze gebissen, wenn er nicht irgendeiner typischen Wichtelkrankheit zum Opfer gefallen war. Irgendwie sah es aber so aus, als wäre er auf dem Weg über den Rasen ganz plötzlich gestorben. Vielleicht hatte ihn eine Eule oder ein Seeadler überrascht. Es gab aber keinen Zweifel daran, dass da vor Erik auf dem Rasen ein Wichtel mit großem Kopf und feinem, weißem Bart lag. Er musste schon eine Weile dort gelegen haben, denn an einer Seite fehlte die dünne Marzipanhaut, sodass man direkt auf die fette dunkle Schokolade darunter blickte, durchzogen von weißen Nervenbahnen aus Zucker und Zitrone. Die Gedärme sahen wie Lakritze aus, und ein

Nugatfleck auf der roten Lederhose zeugte davon, dass der kleine Mann sich entleert hatte. Vielleicht vor, vielleicht aber auch nach Eintritt des Todes. Ameisen waren dabei, den Leichnam zu verzehren, überall in der Haut prangten bereits kleine Löcher. Das Einzige, was noch unberührt schien, waren die blauen Augen aus massiven Zuckerkristallen und Minzkrokant.

Erik hörte jemanden nach Hause kommen. Gleich darauf kam sein sechsjähriger Sohn Karl mit einem Nintendo-Spiel auf die Terrasse gestürzt.

»*Karl*«, rief Erik, während er noch immer ungläubig auf den Wichtel starrte. »*Ich habe etwas gefunden. Komm mal hier rüber. Da liegt ein richtiger Wichtel.*«

»*Wirklich? Ein Wichtel? Ein echter?*«, fragte Karl.

»*Ja, er ist tot, ich dachte, wir könnten ihn vielleicht begraben.*«

»*Wirklich, ein richtiger Wichtel, Papa?*«

»*Ja, leg mal das Spiel weg und komm.*«

Erik und Karl standen lange da und betrachteten den Toten. Erst nach einer ganzen Weile brach Erik das Schweigen:

»*Es sieht aus, als wäre der aus Seide ...*«

»*Wieso?*«, fragte Karl.

»*Siehst du das nicht?*«, fragte Erik.

Karl hockte sich hin und begutachtete den Wichtel ganz genau. Dann tippte er ihn mit der Fingerspitze an.

»*Der ist ganz weich.*«

Karl blieb noch eine Weile hocken, dann sagte er:

»*Ist der wirklich tot, Papa?*«

»*Ja, das sieht so aus.*«

»*Und warum ist der tot?*«

»*Ich weiß es nicht. Vielleicht hat der Hund ihn gebissen? Oder ein anderes Tier. Ein Nerz oder ein Adler. Ich habe wirklich keine Ahnung.*«

Karl stieß den Toten noch einmal an, sodass im Marzipan eine kleine Delle zu erkennen war. Dann sah er zu Erik hoch, er hatte Angst, etwas Falsches getan zu haben.

»*Das ist okay, er kann nichts mehr spüren.*«

Karl tippte die Leiche noch einmal an, dieses Mal etwas fester. Unter der Marzipanhaut kam ein dünner Streifen dunkler Schokolade zum Vorschein, und darunter wiederum schimmerte etwas Weißes durch.

»*Was ist das Weiße?*«, fragte Karl.

»*Das sind Nervenbahnen, glaube ich.*«

»*Was sind Nervenbahnen?*«

»*Das sind so Fäden, durch die wir spüren können, wenn jemand uns berührt oder wir irgendwo anstoßen.*«

»*Darf ich die mal sehen?*«, fragte Karl.

»*Ja, das darfst du.*«

Karl zog am Marzipan, sodass die eine Seite des Wichtelgesichts abfiel. Karl sprang auf und schüttelte die Hand, um eine Ameise loszuwerden, die aus dem weißen Bart aus klebriger Zuckerwatte auf seine Finger gekrabbelt war.

Erik hockte sich neben Karl hin. Er öffnete vorsichtig die Bauchregion, sodass die Rippen des Wichtels zum Vorschein kamen. Sie waren aus kristallisiertem Zucker und leicht zu brechen. Hinter den Rippen saß ein kleines

Herz, es sah genau wie ein Menschenherz aus, nur kleiner. Es war dunkelrot und fühlte sich wie ein englisches Weingummi an. Unter dem Herz lagen die Nieren und die Leber und darunter die Därme. Ohne etwas zu sagen, zogen sie die Därme heraus und legten sie ins Gras. Sie waren schrecklich klebrig. Hinter dem Darm saß ein Organ, das Erik nicht kannte. Es sah aus wie ein Rohr. In dem Rohr lagen Eier verschiedenen Entwicklungsgrades. Die obersten waren klein, die unteren fast ausgereift. Karl zog das unterste Ei heraus. Die weiße Schale war hart wie bei einem Hühnerei.

»*Darf ich das aufschlagen?*«, fragte Karl.

»*Ja, versuch es mal.*«

Karl klopfte vorsichtig an das Ei. Eine durchsichtige Zuckermasse floss ins Gras, und mitten in der Flüssigkeit lag ein winziger Wichtel. Obwohl er nicht größer war als die Kuppe des kleinen Fingers, sah er exakt so aus wie seine Mutter oder sein Vater oder was dieses tote Wesen nun sein mochte. Der Kleine trug eine Wichtelmütze aus rotem Stoff, und in den Händen hielt er einen winzigen Weihnachtsbaum. Der Stamm war noch weiß und weich, aber die Nadeln leuchteten bereits hellgrün.

»*Ist das ein Kind?*«, fragte Karl.

»*Sieht so aus.*«

Karl machte ein ernstes Gesicht. Dann sagte er:

»*Ich finde, wir sollten ihn begraben.*«

Sie fanden einen Ort unter dem Haselnussstrauch am Ende des Gartens, wo es fast wie in einem kleinen Wald aussah. Dies schien ein passender Ort zu sein, um einen

Wichtel zu beerdigen. Erik baute einen kleinen Sarg aus einer alten hölzernen Bierkiste, die er im Gartenschuppen seines Schwiegervaters fand. Sie hatten den obduzierten Wichtel wieder, so gut es ging, zusammengeflickt. Vorsichtig legten sie ihn in den Sarg und das winzige Kind auf seinen Schoß. Erik deckte das Loch mit Erde ab. Karl war sichtlich bewegt und schlug vor, ein Lied zu singen. Das einzige, das ihm einfiel, war »O du Fröhliche«. Der Junge wurde während des Singens ganz von seinen Gefühlen übermannt und brach weinend zusammen.

Als die Beisetzung vorüber war, setzten sie sich an die Stelle, an der der Garten steil abfiel. Karls Gesicht war rot angelaufen und vom Weinen ganz aufgedunsen. Ihr Blick ging über ganz Amager und den Øresund. Weiter hinten waren Kopenhagen und Schweden zu erkennen. Nur wenige Wolken hingen am Himmel.

»*Warum, glaubst du, ist der gestorben, Papa?*«, fragte Karl.

»*Ich weiß es nicht. Wenn ich ganz ehrlich sein soll, wusste ich gar nicht, dass es Wichtel wirklich gibt.*«

Sie blieben lange im Garten sitzen, ohne etwas zu sagen. Erik musste hin und wieder lachen, hörte aber auf, als er sah, wie vorwurfsvoll Karl ihn ansah. Erik fand es toll, dass sie einen echten Wichtel gesehen hatten, und er versuchte, Karl mit lustigen Kommentaren aufzumuntern. Karl teilte die Begeisterung seines Vaters nicht. Der Tod des Wichtels machte ihm zu schaffen.

Erik wachte auf, als der Wecker 13:37 Uhr zeigte. Er hatte mehr als drei Stunden geschlafen. Er setzte sich auf die Bettkante und sammelte sich. Durch das Fenster sah er die Kinder in einem Planschbecken im Garten spielen. Ihr Großvater spritzte mit einem Gartenschlauch Wasser in die Luft. Es war Sommer. Sein Hemd war nass vor Schweiß. Die begeisterten Schreie der Kinder drangen wie ein Flüstern in das Gästezimmer, in dem er saß. Er betrachtete den Haselnussstrauch am Ende des Gartens, wo er und Karl in seinem Traum den Wichtel aus Süßigkeiten beerdigt hatten. Erik lächelte vor sich hin. Auch wenn es ein Traum gewesen war, fühlte er, dass der Wichtel wirklich dort draußen in der Erde lag. Die Kinder kreischten, als eine Kaskade kalten Wassers über sie ins Planschbecken platschte. Sie waren vollkommen von dem Spiel gefangen. Sie sahen nichts anderes. Durch die Scheibe betrachtet, wirkte es wie eine Szene aus einem Film, oder eine Erinnerung aus einer entschwundenen Kindheit.

Der Mount Kopenhagen war ein riesiges, in sich abgeschlossenes Ökosystem. Der Abfall des gesamten Bereiches wurde gesammelt und tief im Inneren des Berges in einem 200 Quadratmeter großen Ofen verbrannt. Die Hitze wurde in ein Fernwärmesystem eingespeist, das durch ein weitverzweigtes Rohrsystem jedes Haus des Berges erreichte. Die überschüssige Wärme diente der Beheizung der beliebten Seen im Bereich des Gipfels. An der Nordseite des Berges produzierte eine riesige Anlage aus dem organischen Abfall Kompost, der zum Großteil an Landwirte verkauft wurde. Der riesige Komposthaufen erzeugte überdies so viel Wärme und Feuchtigkeit, dass wie aus Zauberhand ein kleiner tropischer Regenwald rings um die Anlage entstand. Dort wuchsen unter anderem Feigen und Palmen. Als Experiment setzte ein lokaler Tierhändler eine Gruppe Wellensittiche und Papageien aus, die überlebten. Der Ort zog auch eine Reihe von Reptilien und Amphibien an, besonders Schlangen und Kröten, die aufgrund der Wärme das ganze Jahr über aktiv blieben.

»Im klaren Sonnenlicht ist das Dunkel im Inneren der Zitrone vollkommen.«[4]

Klaus Rifbjerg

DIE VERSCHWÖRUNG

»Alles ist Teil desselben Dunkels. Alle Dinge, alle Tiere und Menschen sind in erster Linie Dunkelheit, umhüllt von einer dünnen Schicht, die Farbe und Formen gibt, die wir erkennen und für die wir einen Namen haben. Das Blut, das in unseren Adern fließt, ist nicht rot, sondern schwarz, und alle Aktivitäten des Körpers finden in totaler Finsternis statt. Nachts löst diese Hülle sich auf, und die dunkle Materie tritt hervor, eine Verschwörung, die alle Namen beseitigt.«

Diese Gedanken hatte Anders Nielsen in einem Brief hinterlassen, den er auf den leeren Schreibtisch gelegt hatte, sodass er nicht übersehen werden konnte, sollte jemand in die Wohnung kommen. Er nahm den Mülleimer, der unter der Spüle stand, zog seine Fjällräven-Sachen an, schaltete das Licht in allen Räumen aus und schloss zum letzten Mal die Wohnungstür. Es war Abend. Bis zu der Stelle, von der aus er springen wollte, würde er drei Stunden brauchen. Er

---

4   Auszug aus Klaus Rifbjergs Gedicht »Citron«, enthalten in der Gedichtsammlung *Det svævende træ*, Gyldendal 1994.

hatte alles ganz genau geplant. Hatte sich Marschverpfle-
gung gemacht und eine Wegbeschreibung ausgedruckt. Um
23:55 Uhr würde er an seinem Bestimmungsort sein, und
exakt um 0:00 Uhr wollte er springen. Sogar das Wetter,
den Fußgängerüberweg und eine kurze Vesperpause hatte
er eingeplant.

Als er am Fuß des Berges ankam, war es bereits dunkel.
Die beeindruckende Erhebung hätte sich im schwarzen
Himmel verloren, wären da nicht all die Lichter der Häuser und die roten Warnlampen am Gipfel gewesen. Trotzdem erschien ihm zu diesem Zeitpunkt noch alles so, wie
er es erwartet hatte. Ein irgendwie passender Rahmen
für den Abschluss seiner Endabrechnung. Er ärgerte sich,
diese Formulierung nicht in seinen Abschiedsbrief aufgenommen zu haben.

Er wollte von der Nordseite des Berges springen, von
einem Absatz über der Müllhalde, die in Wirklichkeit ein
riesiger Komposthaufen aus organischem Abfall war. In
vielerlei Hinsicht der perfekte Ort für einen Selbstmord,
insbesondere bei Nacht. Es ging 200 Meter senkrecht
nach unten, sodass er tief in den kompostierten Abfall
eindringen würde. Mit etwas Glück wäre er in wenigen
Monaten komplett zersetzt.

Es war 23:48 Uhr, als Anders ankam. Er hatte es sich
schwieriger vorgestellt, den kleinen Regenwaldgürtel zwischen dem Weg und der Klippe zu durchqueren. Er setzte
sich und wartete. Um 0:00 Uhr würde er die Kirchturmuhr

schlagen hören. Sie war nur wenige Hundert Meter entfernt. Alles war genau nach Plan verlaufen. Beim Warten fragte er sich, was er wohl denken würde, während er nach unten stürzte. Würde sein Leben Revue passieren, wie man es ab und zu hörte, oder würde er das Bewusstsein verlieren?

Er sah über den Rand der Klippe nach unten, konnte das Ende des Abhangs aber nicht erkennen. Es war weiter bis nach unten, als er erwartet hatte. Die Fallhöhe würde mit Sicherheit ausreichen.

Er spürte die warme Luft, die vom Kompost aufstieg, auf seinem Gesicht. Dann fiel sein Blick auf die riesigen, dunkelgrünen Bananenblätter.

Die Zikaden sangen, und die ganze Gegend pulsierte vor Leben.

Ein riesiger Tausendfüßler krabbelte neben seinem Fuß entlang.

Der Ort hatte etwas Prähistorisches.

In diesem Moment begannen die Glocken mit einem metallischen Klicken zu läuten. Anders sah auf seine Uhr und trat einen Schritt vor.

Im Fallen dachte er zu seiner eigenen, großen Überraschung:

»… dass das menschliche Herz ursprünglich ein Frosch war und die Leber eine glänzende, frisch gefangene Forelle. Nach Millionen von Jahren versteckt im Dunkel haben sie ihre Haut, ihre Augen und ihre Beine verloren, die Fähigkeit, sich zu bewegen, und sind langsam zu anonymen Organen reduziert worden, die nur noch simple Funktionen übernehmen.«

Anders landete tief im Inneren des Komposthaufens, er war bewusstlos, aber nicht tot. Er war auf dem Bauch aufgeschlagen. Arme und Beine waren bei dem Aufprall gebrochen und standen jetzt im rechten Winkel von seinem Rücken und Gesicht ab. Nach drei Tagen kam er langsam zu sich. Anders wäre sicher innerhalb kurzer Zeit gestorben, hätte er sich nicht im Inneren des warmen Komposthaufens befunden. Es war feucht, und diese Feuchtigkeit war voller Nährstoffe. Anders konnte sich nicht bewegen, wurde aber am Leben erhalten, ob er es nun wollte oder nicht. Ein paar Monate lang war er in der Lage, sich hin und her zu drehen und um sich herum eine kleine, primitive Höhle zu formen. Wieder ein halbes Jahr später gelang es ihm, sich so weit zu bewegen, dass er seine Nahrung mit saftigen Insekten aufbessern konnte.

Nach etwas mehr als einem Jahr hatte Anders es meisterlich gelernt, sich im Komposthaufen zu bewegen. Er hatte ein System aus Höhlen und Gängen geschaffen, in dem er wie ein Krebs herumkrabbelte, aufgrund der gebrochenen Arme und Beine allerdings auf dem Rücken, das Gesicht zum Himmel gewandt. Immer wenn es Nachschub gab, wagte er sich an die Oberfläche und schaufelte den frischen Abfall wonnig in sich hinein.

Mit der Zeit weitete Anders sein Territorium auf Teile des Berges aus, wo er Schlangen und Vögel fing. Sein Körperbau war perfekt dazu geeignet, auf Bäume zu klettern, innerhalb weniger Sekunden konnte er jede Baumkrone erklimmen. Erst kürzlich hatte er eine kleine Höhle entdeckt, versteckt hinter einem Busch bei der Klippe, von der er gesprungen war. Manchmal kam ein junges Paar dorthin. Aus der Krone des Feigenbaums sah er durch einen Spalt zwischen den Blättern ihre nackten Körper im Licht der Kerzen.

Dem auf dem Berg errichteten Observatorium mit dem gewaltigen Teleskop verdankte die Astronomie neue Möglichkeiten, den Weltraum zu erforschen. Umgekehrt war der Berg als einziges menschliches Bauwerk neben der Chinesischen Mauer auch deutlich aus dem Weltraum zu sehen. Auf Satellitenbildern glich der Mount Kopenhagen einem perfekten Kreis, im Winter weiß, im Sommer grün. Verglichen mit den großen Strömen, die sich wie blaue Adern über die Erde zogen, den Gebirgsketten und Wolken, wirkte der Kreis auf den Bildern wie ein grafischer Fehler, ein mystischer Polyp, der nicht dort hingehörte.

Sollten intelligente Wesen von anderen Planeten die Erde aus dem All betrachten, hätte dieser unnatürliche Fleck ihr Interesse geweckt. Der Mount Kopenhagen belegte zweifelsohne schon aus großer Distanz die Existenz von intelligenten Wesen auf dem Planeten.

AUSSERIRDISCHE IN VALBY

Weit draußen in Valby spekulierte Thorkild darüber, wie ihr nächster Zug aussehen würde. Denn es hatte nicht gerade erst begonnen, die Sache lief jetzt schon so lange, dass er sich in gewisser Weise bereits daran gewöhnt hatte – falls man sich überhaupt an so etwas gewöhnen konnte. Als sie das erste Mal Kontakt zu ihm aufgenommen hatten, war er kurz davor gewesen, Hilfe zu suchen oder wenigstens jemandem davon zu erzählen. Aber er war nicht dumm und wusste, was die Leute denken würden, sollte er ihnen anvertrauen, dass er immer wieder von Außerirdischen kontaktiert wurde. Ein einziges Mal hatte er es dann doch erzählt, war aber prompt missverstanden worden. Sein Gegenüber hatte geglaubt, Thorkild wolle ihm etwas ganz anderes sagen, und in den Worten einen Code gesehen, den er knacken müsste. Zwei Tage später rief der Mann zurück und fragte Thorkild: »*Sag mal, trinkst du wieder? Ist es das, was du mir sagen wolltest?*« Thorkild hatte einen Moment lang nachgedacht und dann resigniert zugestimmt, allerdings auch gesagt, dass es ihm mittlerweile schon wieder viel besser gehe.

Jetzt saß er auf seinem Balkon und dachte über ihren nächsten Schritt nach. Unter sich sah er die Ellebjerg Å, die auf der anderen Seite des Hofes zwischen den Häusern hindurchfloss. Und hinter den roten Dächern ragte der Mount Kopenhagen wie ein Koloss in den Himmel. Bald würde der riesige Berg Valby in ein nachtgleiches Dunkel hüllen.

Das erste Mal hatten sie ihn an einem ganz normalen Vormittag kontaktiert. Er hatte ein Quiz im Fernsehen gesehen, nicht weil er das Programm mochte, sondern um die Zeit totzuschlagen, bis er wieder vor die Tür musste. Er hatte nicht sonderlich gut aufgepasst und gar nicht erst probiert, die gesuchten Worte selbst zu finden. Er dachte an ganz andere Dinge, als plötzlich ein kleines Wesen aus dem Bildschirm trat. Spontan dachte er, dass nun endlich etwas passierte und diese Fernseher wirklich Riesenfortschritte gemacht hatten, wobei das jetzt vielleicht doch ein bisschen zu weit ging. Man sollte doch selbst entscheiden können, wen oder was man in sein Wohnzimmer ließ. Er hatte nicht eine Sekunde Angst gehabt, denn das Wesen war von vorne gekommen und hatte sich gleich gezeigt. Alles war buchstäblich direkt vor seiner Nase passiert. Das Wesen war durch das Wohnzimmer gelaufen, und sie hatten sich beide keine Sekunde aus den Augen gelassen. Als es in der Küche war, vergaß er es für einen Moment und richtete seine Aufmerksamkeit wieder auf das Fernsehprogramm. Seine Gedanken schweiften ab, bis er aus der Küche plötzlich infernalischen Lärm hörte.

Das Wesen hatte den Kühlschrank durchwühlt, eigentlich banal, denn Außerirdische sind ja bekannt dafür, dass sie Kühlschränke durchwühlen und Freundschaften mit Kindern in der Nähe schließen. Thorkild war etwas müde, und irgendwie konnte er das alles jetzt gar nicht gebrauchen. Deshalb ermahnte er das Wesen, wie man einen Hund ermahnt: *»Aus, das darfst du nicht!«* Das Wesen warf sich daraufhin mit blitzartiger Geschwindigkeit an die Wand und fuhr aus dem Rücken einige Tentakel aus, wobei es hässlich fauchte. In diesem Moment hatte Thorkild nun doch Angst gehabt, mit einem Mal hatten sich doch starke Zweifel geregt, ob dieses Ding wirklich vom Fernsehsender DK4 produziert worden war. Das Ganze verwirrte ihn mehr und mehr, und er wusste nicht, wie er mit der Situation umgehen sollte.

Sie standen sich lange gegenüber, und Thorkild wurde nervös. Das Wesen musste das registriert haben, denn es fingierte Angriffe, sodass Thorkild noch mehr Angst bekam und aus der Küche nach hinten ins Wohnzimmer zurückwich, wo er entgeistert über die Situation nachzudenken versuchte. Das Wesen hingegen wühlte weiter im Kühlschrank herum und schmiss dabei immer wieder etwas kaputt.

Die Angst zog Thorkild die Brust zusammen, er verließ seine Wohnung und lief zum Supermarkt. Vielleicht würde ihn das Wesen ja in Ruhe lassen, wenn er Essen für es kaufte, dachte er. Wobei seine Gedanken nicht wirklich klar waren, als er an der Ellebjerg Å entlangspazierte und dann über die Brücke zum Supermarkt ging. Erst als er an der Kühltheke stand, fragte er sich, was so ein kleines Ding wohl aß. Es hatte mit seinen Tentakeln am ehesten wie eine Amphibie ausgesehen. Schließlich entschied er sich, Fisch zu kaufen. In der gut sortierten Abteilung kam ihm dann die Idee, das kleine Wesen mit leckeren Gerichten zu verwöhnen. In seiner Fantasie waren all die Sachen bereits zu den Lieblingsspeisen des Wesens avanciert. Wenn er daran dachte, wie das kleine Ding sie in sich hineinschaufeln würde, musste er richtiggehend lächeln. Der kleine Schlingel sollte es doch gut haben bei ihm, richtig gut.

Erst als er auf dem Rückweg wieder am Wasser entlangging und sich der Wohnung näherte, kam die Nervosität zurück. Vor der Tür wurde ihm dann bewusst, dass da kein Hund oder irgendein anderes Haustier in seiner Wohnung auf ihn wartete, sondern ein Außerirdischer, der ihn möglicherweise sogar töten wollte. Dabei sollte so etwas in einem Land wie Dänemark doch eigentlich nicht möglich sein ... in einem der reichsten Länder der Welt. War es da denkbar, von solchen Wesen heimgesucht zu werden?

Mit vor Angst schweißnasser Stirn öffnete er die Wohnungstür. Drinnen war es vollkommen still. Einen Augenblick lang blieb er auf dem Flur stehen und lauschte. Dann schlich er sich ins Wohnzimmer und warf von dort aus einen Blick in die Küche. Er öffnete die Tür zum Badezimmer und dann alle Schränke und Schubladen, bis er sich sicher sein konnte, dass das Wesen nicht mehr da war. Thorkild entspannte sich ein bisschen, aber wirklich nur ein bisschen, denn das Ding konnte ja jederzeit wieder zurückkommen. Schließlich war es einfach so aus dem Fernseher gestiegen, ohne dass er vorher irgendwelche seltsamen Geräusche gehört hatte. Thorkild räumte den Einkauf langsam in die Schränke und versuchte, möglichst wenig Lärm zu machen, um alles um sich herum zu hören. Als er fertig war, ging er zurück ins Wohnzimmer und setzte sich an den Tisch. Dort wartete er darauf, dass das Wesen zurückkam, denn es war nicht gut, dass es nicht da war. Oder besser gesagt, es war nicht gut, dass er nicht wusste, wann es zurückkommen würde. Er fragte sich, ob er ein paar Krabben bereitstellen sollte, andererseits würde er das Wesen so ja geradezu herausfordern, sich wieder zu zeigen. Während er so dasaß, fragte er sich, ob das alles wirklich passiert war, schließlich stellte er sich nicht oft die Frage, ob er Krabben bereitstellen sollte oder nicht. Am Ende schlief er erschöpft ein.

Als er wieder aufwachte, war es Nacht. Das Wesen war zurück, Thorkild hörte ein Schmatzen und Gepolter in der Küche. Er stand auf und blieb lauschend stehen. Dann schlich er sich langsam in die Küche. Dieses Mal war das Wesen nicht allein, sondern in Begleitung, das andere, ein ziemlich dickes Kerlchen, hatte den Kopf tief zwischen den Krabben vergraben. Als die beiden Thorkild bemerkten, fuhren sie fauchend ihre widerwärtigen Tentakel aus. Es pfiff in Thorkilds Ohren, und er kam gar nicht mehr dazu zu reagieren, als der Dicke auf ihn zuraste und ihn mit dem Bauch in den Flur katapultierte, wo er an die Wohnzimmerwand schlug und zu Boden sackte. Der Dicke stolzierte triumphierend zu seinem Napf zurück. So deutete Thorkild auf jeden Fall die Körpersprache des Wesens.

He, das ist nicht okay, dachte Thorkild, während er noch etwas benommen auf dem Flurboden hockte. Immerhin habe ich all die leckeren Sachen extra für euch gekauft. Und billig waren die auch nicht. Da ist es doch nicht fair, auch noch Prügel zu beziehen. Thorkild wurde so wütend, dass er fast aufgesprungen und dem Dicken an die Gurgel gegangen wäre. Allein die Angst hielt ihn zurück, immerhin konnte er es noch immer nicht richtig fassen, dass zwei Außerirdische in seiner Küche hockten und allerlei Spezialitäten in sich hineinstopften.

Er ging ins Wohnzimmer und dachte noch einmal alles durch. Warum waren sie ausgerechnet zu ihm gekommen? Er war doch meistens für sich selbst und fiel niemandem zur Last. Dann fragte er sich, ob sie ihm vielleicht irgendetwas erzählen wollten.

Im Grunde wirkten die Wesen tierisch und einfach, andererseits war es eine Tatsache, dass sie von ihrer Heimat aus, wo auch immer diese sein mochte, auf die Erde gereist waren, und daraus musste man schließen, dass sie den Menschen intellektuell und technologisch überlegen waren. Thorkild sah aus dem Fenster auf den großen, viereckigen Hofplatz. Hinter den Häusern auf der anderen

Seite ragte der Mount Kopenhagen in die Höhe. In dem Film *Unheimliche Begegnung der dritten Art* schicken Außerirdische via Telepathie ein Bild von einem Berg an eine große Zahl von Menschen. Später stellt sich heraus, dass dieser Berg ihr Bestimmungsort ist. Menschen und Außerirdische kommunizieren am Ende des Films über Keyboardlaute. Die Außerirdischen spielen dabei eine immer gleiche Melodie: di-da-du-doom. Thorkild stand auf und ging ins Schlafzimmer, öffnete den Schrank und nahm den Karton heraus, der ganz unten stand. Unter *Lademanns Tierlexikon* fand er das Spielzeugxylofon, das er für seinen Neffen gekauft, diesem aus unerfindlichen Gründen aber nie geschenkt hatte.

Thorkild setzte sich wieder an den Tisch und versuchte, mit den weißen Plastikschlägeln ein paar Töne anzuschlagen. Gleich darauf wurde er von einer ebenso plötzlichen wie lärmenden Stille aus der Küche unterbrochen. Er richtete sich auf seinem Stuhl auf und spähte zur Tür. Als Erstes kam dort der Dicke zum Vorschein. Er wirkte noch grimmiger und beängstigender als zuvor und fixierte ihn mit seinen kleinen, gelben Katzenaugen. Langsam stellte er seinen grünen Fuß ins Wohnzimmer. Zwischen den Zehen hatte er Schwimmhäute. Thorkild hatte nie zuvor ein Instrument gespielt, weshalb es ihm schwerfiel, die simple Melodie zu spielen, die er aus dem Film kannte: di-da-du-doom. Er fand nicht die richtigen Töne, fingerte an dem Xylofon herum und hätte fast den Stuhl umgestoßen, auf dem er saß, als er verunsichert aufstand und langsam rücklings zur Balkontür zurückwich. Thorkild war ganz auf seinen siebten Sinn angewiesen, seine Gedanken waren überall und nirgends. Er dachte, dass es vielleicht ganz unbedeutend war, ein Zufall, wie ein Labrador, der sein Herrchen versehentlich anknurrt. Vielleicht musste man mit so etwas rechnen, wenn man Außerirdische im Haus hatte. Manchmal werden die einfach unangenehm, ansonsten sind sie eigentlich ganz süß und familienfreundlich. Trotzdem wurde er den Gedanken nicht los, dass sie sich vielleicht schon in wenigen Sekunden an seinen Gedärmen laben könnten.

Als Thorkild zehn Jahre alt war, hatte die Familie einen Bauernhof in Schweden gemietet. Thorkild hatte Angst vor Bären gehabt, und seine Mutter hatte gesagt: »*Die haben mehr Angst vor dir als du vor denen.*«

Thorkild begann, wild mit den Armen zu wedeln. Dann schrie er: »*Weg! Weg …!*«, um sie zu erschrecken. Sein Rufen führte aber nur dazu, dass der kleine Dicke sein Furcht einflößendes Maul öffnete, die spitzen Zähne präsentierte und unangenehm fauchte.

Thorkild war panisch. Die Angst ließ ihn weiche Knie bekommen, sodass seine Beine ihn kaum noch trugen. Schweiß durchnässte sein Hemd und seine Jacke.

Auch das dünne Wesen zeigte sich nun im Flur. Es bewegte sich auf eine unangenehme Art, die irgendwie an Dinosaurier erinnerte. Beide kamen immer näher. Als der Dicke nur noch wenige Meter entfernt war, hob er ein weiteres Mal seine Tentakel und fauchte, dieses Mal war in dem

Fauchen aber ein Ton zu erkennen, der den ohnehin schon paralysierten Thorkild vollends lähmte. Während er steif dastand, materialisierte sich in Thorkilds Kopf allerdings ein beinahe glasklarer Gedanke. Mit einem Mal wusste er, dass er noch mehr Krabben aus dem Supermarkt holen musste.

Im Laufe der kommenden Jahre verwendete Thorkild Tausende von Kronen für Garnelen, Lachs und Krabben. Mehr aus Not als aus Leidenschaft eröffnete er eine Krebszucht mit angegliedertem Restaurant, in dem die Gäste ihren Fang gleich selbst grillen konnten. Besonders unter den Touristen erfreute sich das Ganze großer Beliebtheit. Hätte Thorkild nicht einen Großteil der Tiere für sich behalten, wäre die Krebszucht ein richtig gutes Geschäft gewesen.

Die Errichtung des Mount Kopenhagen zog sich über mehrere Generationen hin. Die Städte rings um Avedøre bekamen dabei deutlich zu spüren, dass sie im Einzugsgebiet des riesigen Baugrunds lagen. Baufahrzeuge und Arbeiter wurden täglich zum Berg geschafft, und Millionen von Lastwagen rollten über die Straßen und hinterließen im Laufe dieser 200 Jahre eine dünne Schicht Sand in der ganzen Gegend. Von Zeit zu Zeit wurden die Städte für den Verkehr gesperrt, damit größere Betonkonstruktionen zum Berg geschafft werden konnten. Ein großer Teil der dänischen Bevölkerung hatte weder das Geld, um am Mount Kopenhagen zu wohnen, noch die Möglichkeit, die vielen Freizeitangebote zu nutzen, die der Berg bot. Diese Exklusivität erstreckte sich auf weite Teile von Seeland, sodass Familien mit durchschnittlichem Einkommen auch dort weichen mussten. Damit kam Jütland und Fünen eine wichtige Rolle in der Geschichte des Berges zu. Neben den Vertriebenen lebten dort auch all jene, die am Berg arbeiteten. Das führte dazu, dass sich in diesen Gegenden im Laufe nur weniger Jahre sehr viele Ausländer ansiedelten und die Region multiethnisch wurde.

Etwa 100 Jahre nach Fertigstellung des Mount Kopenhagen waren mehr als 60 Prozent der Bevölkerung von Vejle Menschen mit nichteuropäischem Migrationshintergrund.

DER VAMPIR

Ulla Mikkelsen und Apu Raj waren ein ungleiches Paar, wenn man sie auf dem Tanzboden des »Danseinstitutts« in Esbjerg sah. Ulla wog mehr als 160 Kilogramm, und obwohl Apu mit seinen 175 Zentimetern und 72 Kilogramm ebenfalls kein Hänfling war, fielen sie auf. Insbesondere auch deshalb, weil Apu ein sehr attraktiver Mann war, gut gebaut, mit glänzend schwarzen Haaren, einem gepflegten Oberlippenbart und matter brauner Haut. Er strahlte Lebensfreude und Energie aus, während Ulla ihrerseits traurig und irgendwie unnahbar wirkte. Ihre Haut war grau und speckig, und ihre struppigen Haare glichen einer zu kleinen Perücke. Hinzu kam, dass sie mit ihren hohen Wangenknochen und ihrer Himmelfahrtsnase ein kleines bisschen wie ein Schwein aussah. Apu hatte andere Möglichkeiten gehabt, weshalb die Menschen in der Stadt leise tuschelten. Wie konnte es sein, dass ein so attraktiver Kerl bei einem Mädchen wie Ulla landete? Für Ulla, die zuvor bereits unter zu geringem Selbstbewusstsein gelitten hatte, war das natürlich ziemlich unangenehm.

Apu und Ulla trafen sich zum ersten Mal bei einer Single-
party in Esbjerg. Ulla saß mit ihrer Mutter den ganzen
Abend über nur am Tisch, sodass Apu die Initiative er-
greifen musste. Er brachte ihr Cola und Chips und unter-
hielt sich mit ihr. Irgendwann erhob er sich und forderte
sie auf recht traditionelle Weise zum Tanz auf:

»Darf ich um diesen Tanz bitten?«, fragte er.

Aber Ulla wollte nicht tanzen, und sie schien sich auch
in keinster Weise für Apu zu interessieren. Vielleicht hatte ihre Ablehnung mit ihrer grundlegenden Unsicherheit
zu tun. Oder sie fürchtete, dass irgendwo seine Freunde
lauerten und sich amüsierten, wie Apu dem hässlichsten
Mädchen des Abends den Hof machte. Aber Apu war
aufrichtig interessiert an ihr, und schließlich gelang es
ihm, ein Date am nächsten Wochenende mit ihr zu ver-
einbaren.

Apu hatte geplant, sie auf einen Kaffee und ein Stück Kuchen in eine Konditorei einzuladen, anschließend einen
Spaziergang durch die Stadt zu machen und dann später
vielleicht noch in ein italienisches Restaurant zu gehen.
Ulla war noch immer höchst distanziert. Sie begegnete dem Vorhaben mit größter Skepsis, insbesondere was
Apus Absichten anging. Immer wieder dachte sie, dass er
irgendein perverser Sexfreak sein musste, wenn er sich
mit einem Mädchen wie ihr abgab. Dabei hatte sie tief in
ihrem Inneren immer davon geträumt, einmal mit einem
Mann wie ihm auszugehen. Ullas Knie waren so schlecht,
dass sie sich auf eine Bank in der Fußgängerzone setzen

mussten. Sie blieben lange sitzen, ohne ein Wort zu sagen, bis Ulla irgendwann anmerkte: »*Tja, da sitzen wir nun.*«

So schnell gab Apu aber nicht auf, und bei ihrem dritten Date zu Hause bei Apu begann Ulla, ein bisschen aufzutauen. Mit ihren kleinen braunen Augen erwiderte sie hin und wieder neugierig Apus Blicke.

Die folgenden Monate waren die glücklichsten in Apus und Ullas Beziehung. Ulla schien sich beinahe mit jedem Kuss und jeder Zärtlichkeit von Apu zu verwandeln. Hübsche Mädchen wissen ganz genau, dass sie hübsch sind, weshalb jedes Kompliment nur eine Bestätigung für sie ist und kaum Bedeutung hat. Bei Ulla war das ganz anders. Bevor sie Apu getroffen hatte, war sie sich sicher gewesen, für jeden Mann in Esbjerg komplett unattraktiv zu sein, insbesondere natürlich für so hübsche Kerle wie Apu. Aber seine konstante Freundlichkeit, sein aufrichtiges Interesse, seine Komplimente und seine heißen Küsse ließen sie nun glauben, dass sie es doch wert war, geliebt zu werden. Vielleicht war das die Basis von Apus Liebe zu Ulla. Durch seine Aufmerksamkeit und seine anhaltende Zärtlichkeit konnte er sie in einen anderen Menschen verwandeln. Die unerwartete Annäherung schenkte ihm eine Schöpferkraft, mit der es ihm möglich war, eine ganz neue Person zu erschaffen. Wie eine physische Manifestation seiner Liebe.

Apu hielt um Ullas Hand an. Er hatte sie angerufen und gebeten, nach draußen auf den Balkon zu treten. Dann fuhr er in einem alten, offenen MG vor, den er sich von einem seiner Freunde geliehen hatte. Er kniete sich draußen auf der Straße hin, sodass die anderen Autos in einem Bogen um ihn herumfahren mussten, und rief:

»*Ulla, du hast mich so glücklich gemacht, dass ich dich fragen möchte, ob du meine Frau werden willst.*«

Ulla begann, vor Glück zu weinen. Trotzdem gelang es ihr, nach einer Weile zu stammeln:

»*Ja, das will ich. Apu, du bist verrückt, aber in dieses winzige Auto kriegst du mich nicht.*«

Schon im ersten Jahr ihrer Ehe veränderte sich ihre Beziehung. Ulla war ihre Arbeit als Rezeptionistin leid. Vom Sitzen bekam sie dicke Füße, und das Headset verursachte nicht nur Kopfschmerzen, sondern mit der Zeit auch einen Tinnitus. Sie wurde immer negativer, und wenn es nicht die Arbeit oder die Kollegen waren, über die sie sich beklagte, ging es um die Knieprobleme oder ihr Gewicht. Apu, der von Natur aus nicht so viel redete, versuchte, sie aufzumuntern, ihr so gut wie möglich zuzuhören und ihre Probleme zu verstehen. Trotzdem sagte Ulla oft:

»*Du verstehst das nicht, Apu. Du weißt nicht, wie es ist, so fett zu sein. Du weißt nicht, wie es ist, wenn alle dich anstarren, wenn du über die Straße gehst. Als wäre man ein Tier, das aus irgendeinem Zoo abgehauen ist.*«

Apu, der immer schon ein hübscher Kerl gewesen war, musste eingestehen, dass er nicht wusste, wie es sich anfühlte, so übergewichtig zu sein.

Ulla hegte ein grundlegendes Misstrauen gegen alle Menschen, und neben Apu traf sie nur noch ihre Mutter. Wenn es Apu hin und wieder gelang, sie zu einem Mittagessen oder Ähnlichem zu überreden, war sie missgelaunt, wenn sie nach Hause kamen, und beschwerte sich über die anderen Gäste, die sie nur schief angesehen hätten. Die einzige soziale Aktivität, die sie mit Freude teilten, war der Standardtanzkurs im »Danseinstitutt« in Esbjerg, an dem sie jeden Dienstagabend teilnahmen. Die vielen älteren Menschen in der Gruppe beruhigten Ullas Nerven. Mit diesen Menschen konnte sie reden, und auch später, zu Hause, fand sie immer nur gute Worte für ihre Mittänzer.

Im zweiten Jahr ihrer Ehe begann Ulla plötzlich abzunehmen. Anfangs redeten sie nicht viel darüber. Ulla wog ja noch immer um die 160 Kilogramm, und es war Jahre her, dass sie zuletzt auf einer Waage gestanden hatte, sodass es anfänglich nahezu unbemerkt blieb. Ihre Ehe geriet damit aber in eine turbulente Phase. Sie hatten kein richtiges Sexleben mehr, und wenn sie doch einmal miteinander schliefen, war es für Ulla beschämend und unangenehm. Sie war wütender und aggressiver als jemals zuvor. Jeden Abend beschwerte sie sich über alles Mögliche, auch über Apu, den sie unter anderem beschuldigte fremdzugehen. Das Ganze gipfelte darin, dass sie ihre Arbeit kündigte, was aber nur für eine sehr eng begrenzte Zeit half, denn schon bald erfand sie neue Probleme, gegen die sie wettern konnte.

Ulla lag ganze Tage zu Hause auf dem Sofa vor dem Fernseher, sah Serien, aß Schokolade und versank immer tiefer in ihrer Depression. Apu machte sich Sorgen um sie. Sie sprachen kaum noch miteinander, auch wenn Apu es redlich versuchte. Er musste sich in dieser Zeit um alles kümmern. Er versuchte, mithilfe eines gut geführten Haushalts eine Form von Normalität in ihrer Ehe zu wahren. Wenn er von der Arbeit nach Hause kam, nahm er das Toiletten- und Schokoladenpapier vom Sofa, öffnete zu Ullas Verärgerung die Fenster und begann zu kochen. Er war mit der Zeit ein richtiger Gourmet geworden. Manchmal versuchte er, die Stimmung etwas aufzuheitern, indem er Musik auflegte oder eine Flasche Rotwein öffnete. Später nahm er dann ihr volles Glas vom Couchtisch und wischte die Oberfläche mit einem feuchten Tuch ab. Entgegen jeder Logik nahm Ulla weiter ab. Sie hatte bereits mehr als 60 Kilogramm verloren, als es Apu gelang, sie zu einem Arztbesuch zu bewegen.

»*Mein Mann Apu kann nicht verstehen, dass ich abnehme, während er selbst zunimmt*«, sagte Ulla.

»*Unternehmen Sie denn etwas, um abzunehmen?*«, fragte der Arzt.

»*Nein, nichts.*«

»*Ja, aber sie isst gut. Wir kochen jeden Abend, wodurch ich schon ein bisschen zugenommen habe, weshalb es uns verwundert, dass sie so stark abnimmt*«, sagte Apu besorgt.

Der Arzt untersuchte Ulla und konnte nach ein paar Wochen konstatieren, dass sie weder zuckerkrank war noch Krebs oder irgendeine andere Krankheit hatte, die den dramatischen Gewichtsverlust hätte erklären können. Der Arzt meinte deshalb, es könne sich um eine heftige Stressreaktion handeln.

Es gelang Apu schließlich, Ulla zu einer Therapie bei einem Psychotherapeuten in Esbjerg zu überreden. Apu fuhr sie hin und holte sie eine Stunde später auch wieder ab. Immer wieder fragte er, worüber sie gesprochen hatten und wie es ihr ging, aber Ulla wollte nicht darüber reden und sagte immer nur:

»*Darf ich nicht einmal etwas für mich haben*«, oder »*Das geht nur mich und meinen Therapeuten etwas an*«.

Apu war trotzdem froh, immerhin hatte sie die Therapie nicht abgebrochen und wirkte zufriedener als zuvor.

Im dritten Jahr ihrer Ehe begann Ulla, langsam wieder aufzublühen. Sie ging auch wieder häufiger aus dem Haus und redete davon, ihr Abitur nachzumachen. Apu freute sich für Ulla, und wenn er nach Hause kam, war die Wohnung aufgeräumt und der Kaffee frisch gekocht. Manchmal stand sogar eine kleine Blume in der Vase auf dem Couchtisch. Später verwarf sie den Gedanken mit der Abendschule wieder und sprach stattdessen davon, eine Diät- und Stressklinik zu eröffnen, in der sie ihre eigenen Erfahrungen teilen konnte. Sie nahm noch weiter ab und wog mittlerweile weniger als 80 Kilogramm. In diesem Jahr meldete sie sich in einem Fitnessstudio an und trainierte mehrmals in der Woche. Apu hingegen nahm permanent zu. Er wog jetzt 120 Kilogramm. Hätte man vom Beginn ihrer Ehe an jeden Monat ein Foto von ihnen gemacht, dann wäre der Eindruck entstanden, dass sich Ullas Fettsucht langsam auf Apu übertrug, Kilo für Kilo. Ulla fand in Esbjerg neue Freundinnen und ging auch abends immer öfter aus. Warum nicht, dachte Apu, sie sah ja auch richtig toll aus. Eine ihrer neuen Freundinnen hatte mehrere Fotos von Ulla an eine Frauenzeitschrift geschickt, die auf der Titelseite ihrer nächsten Ausgabe veröffentlicht werden sollten. Sie wollten eine Vorher-Nachher-Story bringen mit einem kleinen Foto aus der Zeit, in der Ulla Apu kennengelernt hatte, und einem großen Nachher-Foto von Ulla im schicken Kostüm in der Stadt mit einer Mappe unter dem Arm. Die Überschrift sollte lauten: »Ulla hat in zwei Jahren mehr als 90 Kilo abgenommen«. Im Interview sollte sie dann erzählen, wie sie sich mit »Selbsthass und Vollmilchschokolade« beinahe selbst umgebracht hatte. Der Artikel führte dazu, dass Ulla in Esbjerg geradezu prominent wurde. Sie eröffnete eine Stress- und Diätklinik, die schnell großen Zulauf fand. Ulla hatte mit einem Mal viel zu tun und kam immer später nach Hause. Häufig übernachtete sie in der Klinik, weil sie noch Kunden hatte oder etwas mit ihren Freundinnen unternahm. Es war deshalb keine Überraschung, dass Ulla eines Tages verkündete, sich scheiden lassen zu wollen. Die Trennung hatte nichts Bitteres oder Dramatisches, sie wollte einfach mehr aus ihrem Leben machen, was Apu gut verstehen konnte.

Nach dem kurzen Gespräch schaute Apu Ulla hinterher, als diese zu ihrem neuen, roten Polo ging – sein Blick glich dem eines Künstlers, der sein Werk betrachtet. Sie trug ein grünes Seidenkleid und hatte sich eine Sonnenbrille in die Haare gesteckt. Das Kleid war etwas durchscheinend, sodass auf dezente Weise ihre Beine und ihr Gesäß betont wurden. Apu freute sich so sehr für Ulla, dass er die Tränen nicht zurückhalten konnte. Er liebte sie mehr als jemals zuvor und wünschte ihr alles nur erdenklich Gute. Apu wog jetzt 160 Kilogramm.

Es war, wie gesagt, sehr kostspielig, am Mount Kopenhagen zu wohnen. Trotzdem zog der Berg aus unterschiedlichen Gründen Menschen aller sozialen Schichten an. Das riesige, recht wilde Areal war ein ideales Terrain für allerlei heimliche Aktivitäten. Prostituierte und Drogenabhängige sammelten sich am Fuß des Berges in der Nähe von Brøndby Strand, wo sie in dem dichten Wald ihren Geschäften nachgehen konnten. Dealer boten recht ungeniert ihre Waren an und versteckten die Drogen irgendwo am Berg. Überhaupt sicherte die üppige Vegetation eine Anonymität, die alle Sorten von Kriminellen anzog, egal ob sie nur ein bisschen Hanf anbauen, eine Ladung gestohlener Computer verstecken oder eine Leiche beseitigen wollten. Die Polizei und die Ranger waren dagegen machtlos.

DAS PROBLEM MIT
DEN GRÖNLÄNDERN

Edvard stammte aus Grönland, weshalb seine langen, glatten Haare, der nackte Bauch und der Pick-up mit den leeren Budweiserdosen auf dem Beifahrersitz irgendwie falsch wirkten. Auf den ersten Blick sah er nicht wie ein Eskimo, sondern eher wie ein nordamerikanischer Indianer aus. Er stand in 2.000 Metern Höhe auf der Nordseite des Mount Kopenhagen. Die Aussicht über Kopenhagen war fantastisch. Die Stadt sah aus wie ein brodelndes kleines Dorf, eingerahmt von Wasser und Himmel. Er war so weit von den breiten Straßen, den Geschäften und all den Menschen entfernt, dass er mit seinem Jagdgewehr sorglos einen Schuss in den Himmel abfeuern konnte. Hätten die Menschen in Frederiksberg oder Vesterbro ihn jetzt sehen können, hätten sie ihn sicher mit einem Kind verglichen, das einen Ball voller Wucht in den Himmel schoss. Er leerte die letzte Bierdose, warf das Gewehr auf den Beifahrersitz und beschleunigte seinen Wagen über die kleine Bergstraße, sodass Staub und Steine hinter ihm in einer Wolke aufwirbelten.

Er fuhr zu einem der höchstgelegenen Aussichtspunkte am Berg. Die Bäume waren gefällt worden, und inmitten der Lichtung stand eine kleine Bank, auf der Touristen ihre Butterbrote essen und die Aussicht genießen konnten. Er parkte den Wagen am Waldrand hinter den riesigen, eingeführten Red Pines. Irgendwo im Wald hörte er einen Specht klopfen.

Die Luft war kühl, obgleich die Sonne schien. Ein kleiner Bach plätscherte, und an manchen Stellen hatte sich auf dem klaren Wasser Eis gebildet. Winterlinge und Schneeglöckchen bedeckten den Boden zwischen den mächtigen Stämmen. Es war Frühling. Er setzte sich auf die Bank und wartete.

Nur einmal im Laufe der nächsten drei Tage verließ er diesen Platz, um sich sein rot-schwarz kariertes Holzfällerhemd aus dem Truck zu holen. Von der Kälte wollte er sich nicht in die Knie zwingen lassen. Trotzdem begann er bereits am zweiten Tag, kräftig zu zittern. Immer wieder verlor er das Bewusstsein. Hätte man einen Arzt zu ihm gerufen, hätte dieser feststellen können, dass er stark dehydriert war und sich in seinem linken Lungenflügel eine Entzündung ausbreitete.

Am dritten Tag hörte er über sich am Berg eine Frauenstimme. Er kroch durch das Unterholz nach oben in Richtung der Stimme. Seine Augen sahen nicht mehr klar, alles war verschwommen. Er robbte auf etwas Gelbschwarzes zu, aus dem die Stimme zu kommen schien.

Mit letzter Kraft schleppte er sich in den höchstgelegenen Netto-Markt der Welt. Erst wenige Jahre zuvor war dieser in der beeindruckenden Höhe von zweitausendachthundert Metern über dem Meer eröffnet worden. Er fiel durch die automatischen Türen und kroch in Richtung der Regale mit den Dosen, von wo ihn die Stimme lockte. Die Deckenvertäfelung zwischen den lang gezogenen Halogenlampen begann, sich zu drehen. Zwischen Boden und Decke stapelten sich Hunderte von Konservendosen zu einer Art Haus, in dem Edvard eine Tür ausmachte, durch die er trat.

»*Das riesige Wohnzimmer war aus Kiefernholz errichtet und erst vor Kurzem fertiggestellt worden, sodass an den unbehandelten Balken noch Harz und Späne zu erkennen waren. Es duftete nach Teer und Zimt. Er kannte das Haus nicht und bewegte sich langsam durch den großen Raum in Richtung einer Treppe, die am entgegengesetzten Ende nach oben führte. Er ging hinauf und kam an die offen stehende Tür eines Schlafzimmers. Am Ende des Raumes war ein Balkon. Der Blick strich über Kiefernwälder und Himmel. Auf dem Balkon stand eine Frau, sie hatte rote Haare. Sie drehte sich um und sah ihm direkt in die Augen. Seine gesamte Vergangenheit und all seine Zukunft verdichteten sich in den wenigen Schritten auf sie zu, bis er direkt vor ihr stand. Sie wollte ihn schlagen, streichelte ihm dann aber über die Wange und sagte:*

›Edvard, du Arschloch, wo warst du denn?‹

Er verstand, dass sie ihn vermisst hatte. Und erinnerte sich, wie er sie vermisst hatte und noch immer vermisste.

Er roch ihren süßlichen Duft, und sie nahm den seinen wahr. Sie blieben lange stehen, bis sie sich küssten und zum Bett stolperten, wo sie sich die ganze Nacht liebten, bis sie nicht mehr konnten und kreuz und quer im Bett lagen wie zertretene Blumen.

Am nächsten Tag legte er los, es gab viel zu tun. Er pflügte die Erde und säte das Korn, baute das Haus aus und reparierte, was kaputt war. Sie machte das Obst ein und nähte Kleider, und einmal am Tag liebten sie sich. Als es Herbst wurde, ernteten sie, verkauften den Weizen und banden das Stroh zusammen. Sie erzählte ihm dabei beinahe beiläufig, dass sie einen Sohn erwartete, und er nahm es wie eine Selbstverständlichkeit auf. Im nächsten Frühjahr gebar sie ein Mädchen. Es war rothaarig wie seine Mutter, und seine Haut war so weiß, dass sie fast durchsichtig wirkte. Die Kleine roch wie er und sie und das Haus. Er arbeitete jetzt noch härter, fühlte eine unmenschliche Stärke und wurde niemals müde. Er baute das Haus aus, obwohl sie reichlich Platz hatten. Die Küche quoll über vor Essen, und im Wohnzimmer stapelten sich warme Decken. Getreide wuchs jetzt, wo früher Kiefernwald gestanden hatte, und weitere Bäume wurden gefällt und zu Brennholz zerhackt. Mutter und Tochter auf der Terrasse, ans Geländer gelehnt, die roten Haare im Wind und hinter ihnen das Haus mit den orangen Fenstern und dem qualmenden Schornstein. Er war in seinen besten Jahren. Er schleppte ganze Felsbrocken von den Feldern und lud sie vor dem Haus ab. Sie war wieder schwanger und gebar bald darauf einen Sohn, der weiß wie der Schnee war, der sich vor das Küchenfenster legte. Der Kleine folgte seinem Vater bald auf Schritt und Tritt und gab Kommentare, die diesen verwunderten. Sie stellten Nistkästen auf und sahen zu, wie die Vögel sich paarten und Junge großzogen. Aus den letzten Bäumen unten am Wasser machten sie Zaunpfähle und rahmten damit ihr geordnetes Paradies ein. In den warmen Sommernächten badeten sie alle zusammen, ihre weißen, dampfenden Körper spiegelten sich in dem schwarzen Wasser unter dem tiefblauen Himmel und ließen die Oberfläche des Wassers in Hautfarben schimmern.

Sie war noch schöner als zuvor, älter und schöner. Sie schafften sich Pferde und Schafe an. Sie machte Käse und spann Wolle, die Kinder ritten, und bald lagen Teppiche auf der Treppe, im Flur und sogar in der Küche. Der Sohn pflügte die Erde, er war mittlerweile stark wie sein Vater.«

Das Personal des Netto-Marktes brachte Edvard ins Rikshospital, wo er zwei Tage später aufwachte. Er lag im Bett und sah alles klar vor sich. Dann zog er sich die Kanüle aus dem Arm, die ihn mit Flüssigkeit versorgte, streifte seine Sachen über und verließ das Krankenhaus. Er holte seinen Truck und fuhr zurück in seine Wohnung in Amager. Dort trennte er sich vom Großteil seiner Besitztümer und behielt nur das absolut Notwendige. Er belud die Ladefläche seines Trucks mit den Dielen einer alten Terrasse, die im Keller seines Mietshauses gelagert hatten, und packte einen Spaten sowie weiteres Werkzeug ein. Zuletzt schrieb er einen Brief an Astrid, die er so lange geliebt hatte, und erklärte ihr sein Vorhaben.

Auf etwa zweitausend Metern Höhe fand er eine passende
Stelle am Berg, versteckt in einem Dickicht. Der Hang war
dort so steil, dass nur selten Menschen dorthin kamen. Er
grub ein großes, viereckiges Loch in den weichen Boden.
Das Loch maß vier mal vier Meter und war etwa andert-
halb Meter tief. Etwas entfernt fällte er ein paar junge
Birken und platzierte die Stämme jeweils in den Ecken
der Grube. An die tragenden Konstruktionsteile nagelte er
schließlich die Bretter als Wände und Dach. Anschließend
sägte er Löcher hinein, um Fenster und eine Tür zu haben,
und zuletzt machte er eine Öffnung im Dach, durch die
der Rauch abziehen konnte. Über das Dach legte er eine
alte Plane, die er mit einer dicken Schicht Erde beschwerte. Im Laufe weniger Monate sollte die Hütte komplett
versteckt sein. Trotzdem hatte der kleine Innenraum eine
lichte Höhe von über zwei Metern. Für die Konstruktion
benötigte er nur drei Tage. Dann baute er weitere Hütten
am Berg. Manchmal hielt er bei seiner Arbeit inne und
sah nach unten auf die Straßen, die sich am Hang empor-
wanden. Aus der Entfernung sahen sie wie Bäche aus. Er
hielt nach einem blauen Fiat Ausschau.

Nach drei Monaten hatte Edvard nicht weniger als zwölf
Hütten errichtet. Auf einer Karte hatte er alle Positionen
mit einem kleinen Kreuz markiert. Dann rief er seine Vet-
tern und Cousinen und alle anderen Grönländer an, die
er kannte und von denen er sich denken konnte, dass sie
vielleicht am Berg leben wollten. Das Interesse war über-
wältigend. Nach wenigen Wochen waren alle Hütten be-
wohnt. Für die vielen, für die es keinen Platz gab, bauten

die Neuankömmlinge nach Edvards Vorbild weitere Hütten. Die Landschaft wurde zu einer Art Klondike, und schon nach einem halben Jahr wohnten mehrere Hundert Grönländer und ein paar ethnische Dänen illegal am Berg.

Die meisten Bewohner arbeiteten in der Stadt oder empfingen Sozialhilfe. Die Grönländer blieben eine Weile unbemerkt, ihnen allen war aber klar, dass es nur eine Frage der Zeit sein würde, bis sich dies ändern würde. Deshalb bauten sie neue Hütten, in denen sie sich verstecken könnten, sollte die Polizei eines Tages kommen.

Astrid tauchte kurz vor Weihnachten auf. Edvard wies gerade ein paar Neuankömmlinge in die Dachkonstruktion ein, als sie plötzlich in ihrer roten Daunenjacke vor ihm stand. Sie hatte ihre roten Haare hochgesteckt, und die Sommersprossen strahlten ihm von ihrer Nase, ja von ihrem ganzen Gesicht entgegen. Sie redeten kein Wort, während er sie herumführte und ihr zeigte, was sie erreicht hatten. Überall wurden sie willkommen geheißen. Astrid kannte viele der neuen Bewohner. Abends kochte Edvard für sie in seiner Hütte, und dann schliefen sie zusammen am Berg. Neun Monate später gebar sie einen Sohn. Während der Schwangerschaft war die Polizei auf die Grönländer rund um den Berg aufmerksam geworden. Immerhin waren es mittlerweile knapp tausend Personen. Das Konsortium, dem der Berg gehörte und das ihn verwaltete, übte Druck auf die Polizei aus, das Problem mit den Grönländern zu lösen. Die Besetzer wohnten in einer Region, die exklusiv den ursprünglichen Investoren gehörte. Aber die Grönländer waren vorbereitet. Sie hatten Späher postiert, die die Bewohner warnten, wenn die Polizei im Anmarsch war. Die Beamten führten immer wieder kleinere Razzien durch, die aber nur selten erfolgreich waren. Wenn sie ankamen, versteckten sich alle in ihren kaum auffindbaren Hütten. Und wenn sie doch einmal eine Hütte entdeckten, sie niederbrannten und die Bewohner für einen Tag in Untersuchungshaft nahmen, waren diese am nächsten Tag wieder zurück in einer neuen Hütte an einem anderen Ort am Berg. Es wurde schnell klar, dass das Problem mit den Grönländern nur durch einen massiven, wohldurchdachten Polizeieinsatz zu lösen sein würde. Polizei und Geheimdienst beschlossen deshalb, die Gruppe der Bergbesetzer zu infiltrieren. Man benutzte junge Grönländer, die unter Anklage standen, als Agenten. Nachdem die Polizei sich so einen Überblick über die Lage der Behausungen und die Anzahl der Besetzer verschafft hatte, schlug sie zu. In einer einzigen Nacht wurden fast alle Hütten geräumt und die grönländischen Bewohner in Flüchtlingslagern interniert, bis sie einer nach dem anderen verurteilt wurden – in der Regel zu einem Bußgeld oder einer Haftstrafe auf Bewährung.

Zum Entsetzen der Polizei und des Konsortiums vergingen aber nur wenige Monate, bis die Grönländer ihre wilde Siedlung wieder erneuert hatten. In der Folgezeit führte die Polizei nur noch vereinzelte Razzien durch, sodass die Presse irgendwann darüber zu schreiben begann.

Das Grönländerproblem kulminierte, als die Polizei sich unter dem Druck des Konsortiums zu einer endgültigen Lösungsstrategie hinreißen ließ. Im Gegensatz zu früher hoffte man, die Bewohner dieses Mal für längere Zeit internieren zu können, da viele von ihnen ja noch Bewährung hatten. Wieder wurden die Grönländer mit Agenten infiltriert. Dann, eines Nachts, schlug die Polizei zu, doch die Grönländer setzten sich zur Wehr. Ein Beamter, der von seiner Einheit isoliert wurde, fühlte sich bedroht, zog seine Dienstwaffe und erschoss einen jungen Grönländer unter den Kameraaugen mehrerer Fernsehsender, die live über die Unruhen berichteten. Das Abbrennen der Hütten, die weinenden Kinder und der tragische Todesfall des jungen Mannes ließen die Polizei sehr schlecht aussehen. Die Grönländer waren ja weitestgehend friedlich geblieben. Sie störten niemanden und wohnten an unzugänglichen Hängen, die niemand sonst nutzen konnte. Hinzu kam, dass das Problem mit den Grönländern in einer Zeit eskalierte, in der die Bevölkerung zunehmend unzufrieden darüber war, dass der Berg den Reichen vorbehalten blieb. Kein Normalbürger konnte es sich leisten, dort zu wohnen, was viele ungerecht fanden, da der Staat und damit ja auch die Steuerzahler mehr als die Hälfte der gesamten Kosten übernahmen. Mit einem Mal hatten die Grönländer sowohl die Bevölkerung als auch die Medien hinter sich.

Die ganze Affäre wurde schließlich zu einer so großen Belastung für das Image des Konsortiums, dass man Verhandlungen mit den Grönländern aufnahm, um eine dauerhafte Lösung zu finden.

Edvard und Astrid, die so etwas wie die stillen Anführer der grönländischen Aktivisten geworden waren, wurden als deren Verhandlungsleiter bestimmt. Am Tag vor der Besprechung kamen sie zu einer der größten Mærsk-Lodges am Berg, wo sie der Vorsitzende des Konsortiums mit freundlichen Worten empfing:

» *Wie schön, dass Sie kommen konnten. Lassen Sie uns sehen, ob wir nicht eine vernünftige Lösung dieser alles in allem doch recht unglücklichen Situation finden können.* «

Edvard und Astrid wurden in einen Konferenzraum geführt, wo zwei Sachbearbeiter bereits, vor Bildschirmen sitzend, warteten. Auf dem großen, lackierten Eichentisch standen in der Mitte Kaffee, Kuchen, Tee sowie Mineral- und Quellwasser. Auf dem Etikett der Wasserflaschen war der Mount Kopenhagen zu erkennen. Der Raum roch nach Harz und Kiefernholz.

» *Willkommen in der McKinney-Lodge* «, sagte der Vorsitzende der Leitungsgruppe des Konsortiums und fuhr fort:

» *Wir haben lange darüber nachgedacht, wie wir diesen leidigen Konflikt beilegen können. Auch wir haben kein Interesse daran, unschuldige Kinder obdachlos zu machen. Wir haben deshalb ein Projekt ausgearbeitet, das heißt, zwei unserer Sachbearbeiter haben das für uns getan.* « Die beiden lächelten Edvard und Astrid freundlich an. » *Wir erachten es als wichtig, dass Sie einen Teil des Berges bekommen, wenn Sie hier schon wohnen wollen. Aber ich will nicht vorgreifen, schauen wir uns den Vorschlag an.* «

Das Licht wurde ausgeschaltet, und der Bildschirm wurde hell. Der Film zeigte den obersten Teil des Berges. Eisbären bahnten sich einen Weg durch die weiße Landschaft. Dann folgte ein Rundumbild, auf dem einige Iglus zum Vorschein kamen. Daneben waren Eskimos in traditionellen Jagdkleidern und einige Hunde zu sehen. Eskimokinder spielten im Schnee zwischen bunten, kleinen Häusern, während die Jäger die Siedlung auf ihren Schlitten verließen. Auf den wenigen Nahaufnahmen der Eskimos sah man, dass alle indische Schauspieler waren. Danach folgte eine technische Beschreibung der Größe und Beschaffenheit des Terrains. Das Licht wurde eingeschaltet, und der Vorsitzende des Gremiums ergriff erneut das Wort:

» Wir wollen auf dem Gipfel des Berges ein authentisches grönländisches Milieu schaffen. Wir haben die Absicht, dort oben einen Salzsee zu errichten, in dem Seehunde ausgesetzt werden, die Sie dann jagen können. Ob Sie das wollen, bestimmen Sie selbst. Sie können so leben, wie Sie wollen, vorausgesetzt, Sie bleiben in den Iglus oder den kleinen, bunten Holzhäusern. Im Gegenzug erwarten wir von Ihnen eine Dienstleistung. Wie Sie ja wissen, ist das Bärenreservat, das sich im selben Gebiet befindet, von allgemeinem Interesse. Wir halten es für durchaus angemessen, wenn Sie die Führungen unserer Gäste durch das Reservat übernehmen. Sie kennen sich mit diesen Klimazonen ja bestens aus, und für unsere Gäste würde das Erlebnis damit nur noch authentischer. Aber jetzt habe ich genug geredet. Was sagen Sie dazu?«

Edvard und Astrid waren wie gelähmt. Das Angebot überstieg ihre kühnsten Erwartungen.

So entstand ein grönländisches Reservat im Gipfelbereich des Mount Kopenhagen. Neben der Wohnmöglichkeit hoch oben auf dem Berg und der Arbeit als Führer der zahlreichen Touristen entwickelten die Grönländer mit der Zeit eine profunde Kenntnis über den Berg und seine barsche Natur. Damit waren nur eine Generation nach der Errichtung des Reservats mehr als die Hälfte aller Angestellten des berühmten Rangerkorps Grönländer oder von grönländischer Abstammung.

Eine neue Tierart, die in enger Verbindung mit dem Mount Kopenhagen steht, ist die Dänische Bergziege. Die Art wurde in Gefangenschaft gezüchtet und trägt die Gene des Himalaya-Tahr, der afghanischen Schraubenziege und der gewöhnlichen Dänischen Ziege. Die Hörner der Dänischen Bergziege sind gebogen, mit einer scharfen Vorderkante. Bei Böcken erreichen diese Hörner Längen von bis zu eineinhalb Meter. Der Pelz ist in der Regel hell- bis schiefergrau mit rostroten Tönen an den Flanken. Die Tiere leben in wilden Herden und sind am häufigsten an den steilsten Berghängen zu sehen. Der Bock sondert in der winterlichen Brunftzeit einen starken Geruch ab. Die Kitze werden im Juni oder Juli geboren. Die Ziegen haben kräftige Euter, und ihre Milch ist sehr fettreich. Der Erfolg der Dänischen Bergziege ist in hohem Maße auf diese Milch zurückzuführen. Sie bildet überdies das Ausgangsmaterial für den sehr aromatischen Ziegenkäse, der in unzähligen Spielarten rund um den Berg serviert wird. Das beliebteste Essen, bei dem der Ziegenkäse eine wichtige Rolle spielt, ist zweifelsohne der Mount Kopenhagen Lachs. Dieses Gericht besteht aus vier Scheiben warm geräuchertem Lachs, die auf einer dicken Scheibe Rog-genbrot mit Salat angerichtet werden. Die Lachsscheiben werden so übereinandergelegt, dass sie einen Kegel bilden, auf dessen Spitze dann ein Klecks weicher Ziegenkäse mit lokalen Kräutern platziert wird, sodass das Ganze wie ein Berg mit verschneiter Spitze aussieht.

DIE FREUDE,
EINEN APFEL ZU ESSEN

Mit Abscheu blickte er durch das Wohnzimmerfenster in den Garten. Überall nur braune Nuancen. Zersetzung und Verwesung. Es kam ihm so vor, als bestünde der Garten in dieser Jahreszeit einzig und allein aus Verdauungsprodukten. Was einmal gelebt hatte, war nun tot. Scheiße in komplexen Formen, trotzdem aber nichts anderes als Scheiße. Dabei hatte er noch vor Kurzem auf der Terrasse gesessen und beobachtet, wie sie über das grüne Gras lief. Die Bilder waren noch ganz deutlich. Er hatte im Liegestuhl gesessen, vor sich ein Bier. Sie hatte im Garten gearbeitet, und er hatte sich gefragt, ob er nach Valby gehen und Forellen für das Abendessen kaufen sollte.

»*Wir sollten das Haus streichen*«, hatte sie gesagt. Er erinnerte sich, als ob es gestern gewesen wäre. Sie hatte ihn mit ernster Miene angesehen und den Kopf leicht zur Seite geneigt.

Er betrachtete den Apfelbaum. Diesen Baum hatte er als Erstes gepflanzt, gleich nachdem er das Haus und das

Grundstück gekauft hatte. Noch vor dem Renovieren des
Gebäudes.

*»Es ist gut, Apfelbäume dicht an der Küste zu pflanzen,
weil die Äpfel so das Salz aus der Luft aufnehmen können.
Das gibt ihnen einen kräftigeren, besseren Geschmack«,*
hatte er ihr erklärt.

Sie hatte nur gelacht. *»Du denkst auch wirklich nur
ans Essen.«*

Es ist still und leer im Haus. Durch die kahlen Zweige der
Büsche und Bäume sieht er in der Ferne die roten Dächer
von Hvidovre. Fast alle Äpfel sind mittlerweile abgefallen
und liegen im hohen Gras. Wie Abfall. Er zieht Gummi-
stiefel an und geht in den Garten. Die meisten Äpfel sind
faulig. Er kickt einen davon in den Busch. Das matschige
Fruchtfleisch hinterlässt einen feuchten Fleck an der Spitze seines Stiefels.

Dann sammelt er ein paar der noch guten Äpfel auf
dem Gras ein. Sieht sie sich genau an und wählt einen aus.
Studiert ihn genau. Die Oberfläche ist rau, dunkelrot und
dunkelgrün. Vereinzelt sind kleine graue, runde Stellen zu
erkennen. Narben von Insekten oder Würmern, angebis-
sen vielleicht im Juni oder Juli, als er selbst noch mit ganz
anderen Dingen beschäftigt war.

Er untersucht den Apfel noch einmal und tastet die Oberfläche ab, um sicherzugehen, dass unter der Schale nichts
Fauliges ist. Dann reibt er die Schale aus alter Gewohn-
heit an seinem Pullover ab. Als er noch ein Kind war, hatte

sein Großvater das immer so gemacht, bevor er in einen
Apfel gebissen hatte.

Er geht zur Terrasse. Wischt mit der Hand das Regen-
wasser von dem weißen Liegestuhl und setzt sich. Noch
einmal reibt er den Apfel ab. Dann beißt er hinein. Er
weiß sofort, dass er die richtige Wahl getroffen hat. Das
trockene Knacken von Tausenden unsichtbarer Zellwän-
de und dann der säuerlich-süße Saft in seinem Mund. Das
Fruchtfleisch ist weißlich grün wie ein Maimorgen. Das
Innere des Apfels bildet einen scharfen Kontrast zu der
rauen, groben Schale.

Er weiß, dass es zu spät ist. Er weiß es ganz genau, aber er
vergisst es, weil der ganze Sommer sich mit letzter Kraft
hier konzentriert hat.

Nachdem er den Apfel gegessen hat, stellt er das Kernge-
häuse aufrecht auf das kleine türkische Teetischchen, das
neben dem Liegestuhl steht.

Er mustert es und sieht zu, wie das weißliche Fruchtfleisch
braun anläuft – wie eine Zauberlampe, die langsam ver-
lischt.

Der Mount Kopenhagen wurde mit der Zeit immer kultivierter, trotzdem behielt die Gegend aber etwas Geheimnisvolles, Wildes. Die Natur am Berg war mächtiger und vielseitiger als irgendwo sonst in Dänemark. Immer wieder gab es unvorhersehbare Naturkatastrophen. Im Frühjahr waren es häufig Überschwemmungen durch die Schneeschmelze, im Sommer Gewitterregen mit Erdrutschen, im Herbst die Stürme, die im Gipfelbereich nicht selten Orkanstärke erreichten, und im Winter die Schneestürme und Lawinen. Wie zerstörerisch und brutal die Natur sein konnte so atemberaubend schön war aber sie auch. Im Winter lag der Schnee oft meterhoch und bildete runde Formen in der allumfassenden Stille. Und an klaren Tagen hingen die Eiskristalle wie Juwelen an den Zweigen der Bäume. Im frühen Frühjahr sprossen die Blumen aus dem weichen Waldboden, und das Schmelzwasser plätscherte überall die Hänge hinunter. Die warmen Sommermorgen hüllten den Berg in einen Dunst, in dem geheimnisvolle Wesen lebten. Wie schon erwähnt, konnten ganz oben am Gipfel nur wenige Tier- und Pflanzenarten überdauern. Ähnlich verhielt es sich mit den Menschen.

Am dichtesten besiedelt waren die unteren Regionen des Berges. Oberhalb von 2.500 Metern fanden sich nur noch Skiorte. Die harte, wilde Natur in der Gipfelregion war etwas ganz Neues für die Dänen. Man darf nicht vergessen, dass der höchste Punkt des Landes vor dem Bau des Mount Kopenhagen knapp unter zweihundert Metern gelegen hatte. Den Ausländern, die aus bergigen Regionen kamen und am Berg arbeiteten oder sich aus anderen Gründen dort aufhielten, waren die Lebensbedingungen hingegen vertraut.

DER SPRECHENDE MÖNCH

Irgendwann tauchten zwei tibetanische Mönche am Mount Kopenhagen auf. Sie waren Brüder. Niemand wusste, woher oder warum sie gekommen waren. Vielleicht fühlten sie sich in der Landschaft wohl, immerhin erinnerten gewisse Bereiche des Berges sicher an Tibet. Die beiden Brüder sahen einander zum Verwechseln ähnlich. Sie waren beide kahlköpfig, trugen orange Umhänge und Ledersandalen und hatten jeder eine kleine Schultertasche und einen Wanderstock. Sie hielten grundsätzlich Abstand zu anderen Menschen und schienen von dem zu leben, was sie in der Natur fanden. Niemand verdächtigte sie, von den Bewohnern der Gegend zu stehlen, und sie belästigten auch niemanden. Sie liefen einfach nur schweigend herum. Manchmal sah man sie irgendwo nebeneinander sitzen und essen. Andere Male saßen sie nur da und starrten in die Luft. Richtete man das Wort an sie, was insbesondere Touristen häufiger taten, falteten sie bedächtig die Hände und verbeugten sich mit einem stummen Lächeln. Nur sehr selten sagten sie etwas, und dann in einer fremd klingenden Sprache, die niemand verstand.

Nach einigen Jahren starb einer der beiden Mönche. Was zu seinem Tod geführt hatte, wusste man nicht, aber plötzlich war nur noch ein Mönch übrig. Eigentlich wusste man gar nicht, ob der andere tot war, es gingen einfach alle davon aus. Der Tod des einen Bruders schien den anderen nicht sonderlich zu beschäftigen. Er lief weiter am Berg herum und füllte seine Taschen mit Wurzeln und Beeren und was er sonst noch finden konnte – alles genau wie vor dem Tod seines Bruders.

So vergingen einige Jahre.

Dann war der Mönch plötzlich an einem Ort viel weiter unten als üblich zu sehen. Doch damit nicht genug. Mit einem Mal hörte er nicht auf zu reden, als hätte er etwas Wichtiges auf dem Herzen. Seine Sprache verstand noch immer niemand, aber das schien ihn nicht zu genieren. Er redete einfach weiter und sah seinen Zuhörern dabei direkt in die Augen. Als er sich eines Tages mitten auf das Green am achtzehnten Loch des Mount Kopenhagen Golf Resorts setzte und sich zu gehen weigerte, war klar, dass er verrückt geworden war. Einige Golfer wandten sich an ihn und baten ihn, Platz zu machen, aber er nutzte nur die Gelegenheit, um auf sie einzureden. Als ein Golfer den Mönch zu packen versuchte, riss er sich mit einer für Mönche überraschenden Kraft los und sprach einfach immer weiter. Niemand wünschte eine Auseinandersetzung mit einem Mönch, schließlich war er ja ein Mann Gottes. Stattdessen rief man die Polizei. Der Mönch wurde entfernt und in Untersuchungshaft genommen, wobei

der Mann ununterbrochen redete, als wollte er sich erklären. Er blieb aber friedlich und leistete keinen Wider-
stand.

Die Untersuchung ergab, dass die Papiere des Mönchs in
Ordnung waren. Eigentlich hätte er ein Bußgeld für sein
Verhalten bekommen müssen, die Polizei ließ ihn aber
nach ein paar Stunden gehen, nicht zuletzt weil man sein
unermüdliches Gerede leid war. Der Mönch kehrte zum
Berg zurück, wo er sich mit seinem Anliegen – worum
auch immer es ging – an jeden richtete, den er traf.

Noch Monate später redete der Mönch auf alle ein, die
ihm über den Weg liefen. Er war mittlerweile eine mehr
oder weniger bekannte Figur, die man tolerierte. Eine Art
Dorftrottel, wenn man so wollte.

Irgendwann wurde er von einem Journalisten aufgesucht,
der sich für die Geschichte des Mönchs interessierte. Er
hatte einen Dolmetscher mitgebracht. Folgendes gab der
Mönch von sich:

*»Vor zweiunddreißig Milliarden Jahren saß ich mit
einem Mädchen zusammen, das ich liebte. Wir sahen einander lange an und sprachen miteinander. Ich war sehr
schüchtern, sodass es schließlich das Mädchen war, das vor-
schlug, uns am Abend am Wasser zu treffen. Damals ging
man nach Hause, bevor es dunkel wurde, denn Sterne und
Mond waren noch nicht geboren. Wir vermissten sie nicht,
wir kannten sie ja nicht, aber da es sie nicht gab, war es
nachts so dunkel, dass man nichts sah.*

Heute ist es immer hell, noch in den dunkelsten Keller dringt irgendwie Licht. Kein Ort auf dieser Welt ist richtig dunkel, jedenfalls nicht so dunkel wie jene Nacht vor zweiunddreißig Milliarden Jahren. Wir saßen schon ein paar Stunden dort unten am Wasser, die Sonne war längst untergegangen, trotzdem redeten wir noch immer miteinander. Ich roch ihre süßlich duftenden Haare und hörte ihre Lippen, wenn sie lächelte. Ich liebte sie, und vielleicht nahm ich deshalb all meinen Mut zusammen und legte den Arm um sie. Was dann geschah, war wie ein Schock für mich, und ich handelte danach etwas linkisch und unüberlegt, das gestehe ich gerne ein. Ich dachte ja, etwas falsch gemacht zu haben, und an diesem Glauben sollte ich noch lange nach jener Nacht festhalten.

Gerade als meine Hand sie erreichte und meine Finger ihre weiße Haut streichelten, kam ein Pfeifen vom Himmel, als wäre eine Nadel durch das dunkle Firmament gestoßen worden. Man sollte meinen, wir hätten diese unbedeutende kosmische Veränderung ignorieren können, aber das Licht, das durch dieses Loch im Himmel strömte, glänzte derart stark, dass wir unsere Augen für einen Moment abschirmen und uns blinzelnd an das Licht gewöhnen mussten. Wie gesagt glaubte ich, einen Fehler begangen zu haben, dass meine Berührung dieses Loch in den Himmel gerissen hatte, was es umso unerklärlicher macht, was ich anschließend tat. Ich konnte meine Finger nämlich nicht von ihr lassen und war von einer unerklärlichen Gier gepackt. Je mehr ich sie küsste und je fester ich sie berührte, desto mehr Löcher kamen in den Himmel.

Das Licht blendete uns nicht mehr, und ich tastete mich weiter, küsste sie, zog ihr das Kleid aus und bedeckte auch ihre Brüste mit Küssen. Alles an ihr wurde deutlicher und klarer, je länger ich sie berührte. Heute weiß ich nicht, ob es eine Vergewaltigung war, auf jeden Fall fragte ich mich damals nicht, was sie fühlte. Ich konnte das Gefühl, das mich in seinen Bann gezogen hatte, nicht erklären und schaute immer wieder zum Himmel, um zu sehen, was ich verursacht hatte. Ich spürte, dass ich mich beeilen musste, um möglichst wenig Schaden anzurichten.

Als ich fertig war, bemerkte ich entsetzt, dass der Himmel mit Löchern übersät war. Doch damit nicht genug, denn an einer Stelle prangte ein riesiges Loch, das wie eine blasse Sonne aussah. Es spiegelte sich im Meer und warf einen langen, weißen Schimmer über das Wasser. Während wir uns am Boden herumgewälzt hatten, dachte ich, dass die Menschen die Veränderungen am Himmel natürlich wahrnehmen würden, dass aber niemand beweisen können würde, dass ich dafür verantwortlich war. Vielleicht beeilte ich mich deshalb so sehr. Deshalb war es wie ein Schock, als ich sah, dass die Spiegelung des großen Lochs auf dem Wasser unsere nackten Körper am Strand wie ein kosmischer Zeigefinger direkt anstrahlte, als wollte er mich vor dem gesamten Universum bloßstellen.

Derart zu Tode erschreckt, sammelte ich meine Sachen zusammen und verließ sie. Ich rannte am Wasser entlang nach Hause, musste zu meinem großen Entsetzen aber feststellen, dass die Spiegelung auf dem Wasser mir wie

*ein ausgestreckter Zeigefinger folgte. Beim Laufen drehte
ich mich immer wieder um und starrte zurück in die Dunkelheit, in der ich sie zurückgelassen hatte.«*

Der Mönch schien froh zu sein, endlich sein Herz erleichtert zu haben. Er bedankte sich herzlich bei dem Journalisten und dem Dolmetscher und fügte dann noch etwas
für den Journalisten Unverständliches hinzu.

»*Was hat er gesagt?*«, fragte der Journalist.

»*Deshalb war das so wichtig*«, übersetzte der Dolmetscher.

Die Geschichte des Mönchs wurde in der Zeitung abge-
druckt und später unter der Rubrik »Sightseeing« auch
auf die Homepage des Konsortiums aufgenommen. Besucher konnten sie dort nun auf Dänisch, Englisch, Deutsch,
Französisch, Spanisch, Hindi, Farsi und Arabisch lesen.

Man sollte meinen, dass der Mönch, sein Name lautete
übrigens Desi, seine Geschichte damit erzählt hatte, aber
das war nicht der Fall. Desi machte unbeeindruckt weiter. Er erzählte sie immer wieder mit derselben Intensität,
sobald ihm ein Mensch begegnete. Nur mit dem Unterschied, dass er nun in der Regel von einer kleineren Tou-
ristengruppe umgeben war, die seiner Erzählung mit einer
ausgedruckten Übersetzung in den Händen folgte. So
fand Desi als »sprechender Mönch« Eingang in die Geschichte des Berges.

Der Mount Kopenhagen ging in die Weltgeschichte ein, vergleichbar mit den Pyramiden, der Chinesischen Mauer und den übrigen Weltwundern. Im Unterschied zu diesen wurde der Mount Kopenhagen aber nicht errichtet, um etwas zu ehren oder die uneingeschränkte Macht eines Herrschers oder Gottes zu zeigen. Der Mount Kopenhagen war das Resultat eines Regierungsbeschlusses über eine simple, aber ökonomisch weitsichtige Investition in die Zukunft des Landes.

Der Mount Kopenhagen wurde rasch zu einem Alterswohnsitz für die wohlhabende Bevölkerung des Landes. Die Infrastruktur am Berg war ausgeklügelt und durchdacht. Asphaltierte Straßen und Wege führten kreuz und quer durch die Landschaft und verbanden auch noch die abgelegensten Orte. Von Rødovre und Glostrup gelangte man mit Kabinenbahnen auf den Berg. Sie brachten die Menschen mit wenigen Zwischenhalten in nicht einmal zehn Minuten bis zur Spitze. Elektrobusse transportierten die Menschen lautlos von einem Bergort zum anderen. Außerdem gab es alles, was man für ein normales, geregeltes Leben braucht: Hospitäler, Schulen, Polizeistationen, Einkaufszentren, eine ganze Reihe von Spezialgeschäften, Bürgerhäuser, Schwimmbäder und so weiter. Verschiedene religiöse Gruppen bekamen Zugang zu günstigen Grundstücken, sodass in Dänemark eine Reihe von neuen Kirchen und Europas größte, am schönsten ausgeschmückte Moschee entstand. Sie wurde an der südöstlichen Seite des Berges errichtet. Des Weiteren gab es ein Wellnesscenter in der Nähe der warmen Quellen hoch oben am Berg, einen spektakulären Golfplatz, auf dem man sich fit halten konnte, und eine große Auswahl an guten Restaurants. Wohnte man auf dem Berg, brauchte man diesen nicht mehr zu verlassen. Umgeben von fantastischer Natur und atemberaubenden Aussichten, konnte man über sein Leben nachdenken.

Die Lebenserwartung der Bergbewohner war wesentlich höher als die der anderen Bürger Dänemarks. Wie es zu diesem demografischen Unterschied kam, ist unklar. Vielleicht spielten die reine Bergluft und die frischen Lebensmittel eine Rolle. Wahrscheinlicher ist aber wohl, dass die Anwohner des Berges wohlhabender als der Rest der Bevölkerung waren und sich damit die teuersten Medikamente und Behandlungen leisten konnten.

DIE FRAU OHNE GESICHT

An einem frühen Sonntagmorgen fährt ein Mercedes über eine der kleinen Bergstraßen. Kalter Herbstwind rüttelt an den Bäumen. In dem Wagen sitzt nur eine Person. Birger Paulsen ist auf dem Weg von einer Sitzung nach Hause. Er ist 83 Jahre alt, sieht aber aus wie 60. Seine Haut ist faltig und voller Leberflecken. Er trägt ein dunkelblaues Lacoste-Polohemd. Das erst wenige Wochen alte Auto duftet nach teurem italienischen Leder. Die sanften Töne von J. S. Bachs *Johannespassion* liebkosen Birgers große Ohren, aus denen weiße Haare quillen. Im Rückspiegel sieht er das trockene Laub hinter dem Auto aufwirbeln. Es wirkt beinahe so, als flögen die Blätter aus seinem Hinterkopf. Er sitzt da und denkt an die Frauen in seinem Leben. Eine nach der anderen versucht er sich in Erinnerung zu rufen. Aber an eine erinnert er sich am besten. Wie hatte sie nur geheißen? Inga oder Ingrid oder …

100 Jahre später. Er ist 183, sieht aber aus wie 160. Er geht langsam wie eine Riesenschnecke durch die geräumige Wohnung. Er trägt nur seine Strümpfe. Sie sind das Einzige, was seinen Körper noch in Form hält. Er legt sich

ins Bett, kann nachts aber nicht mehr schlafen. Er liegt immer nur da und lässt seine Gedanken schweifen. Denkt an die Frauen in seinem Leben. Ruft sie sich mühsam ins Gedächtnis, beginnend mit der ersten. Er versucht, sich an die Gespräche zu erinnern, an ihre Gesichter, die vertrauten Blicke. Da sind noch die Orte, an denen sie gemeinsam essen waren, die Reisen, die sie unternahmen. Eine junge Frau ist besonders klar in seiner Erinnerung. Sie waren damals beide Mitte zwanzig. Es war im Tiergarten, sie lagen vor einem Restaurant auf einer Decke im Gras. Der Name der Gaststätte ist weg. Irgendetwas mit »Spill…«. Sie trug ein hellblaues Kleid. Er sieht noch ihre Beine vor sich, ihre Haare. Riecht ihren Duft und hört ihr Lachen. Inga oder Ingrid oder wie ihr Name war. Mit aller Kraft versucht er, sich auch ihr Gesicht in Erinnerung zu rufen, doch das bleibt seltsam verschleiert. Vielleicht ist die Erinnerung daran ja irgendwie mit ihrem Tod verschwunden? Oder sie verschleiert ihr Gesicht im Jenseits, um ihn für eine Untat zu bestrafen, von der er nichts mehr weiß?

100 Jahre später. Er ist 283, sieht aber aus wie 260. Er steht wie eine dünne Säule aus hautfarbenem Gelee zwischen dem Fenster in der vierten Etage und dem Garten. Ein leberfleckiger Barbapapa. Ein Auge starrt aus der Körperöffnung, es ist aber schwer zu erkennen, ob er wirklich da ist. Er bewegt sich wie eine intelligente Pflanze. Gleitet zwischen den Räumen der Wohnung hin und her. Auf dem Kopf trägt er einen Strumpf. Rollt er sich zum Ausruhen auf dem Boden zusammen, denkt er

an die Frauen in seinem Leben. Eine nach der anderen ruft er sich mühsam ins Gedächtnis, beginnend mit der ersten. Er versucht, sich an die Gespräche zu erinnern, an die Gesichter, die vertrauten Blicke. Da sind noch die Orte, an denen sie essen waren, die gemeinsamen Reisen. An eine Frau erinnert er sich besonders. Sie waren beide Mitte zwanzig, als sie im Tiergarten vor dem »Spirevippen« auf einer Decke auf dem Rasen lagen. Sie trug ein hellblaues Kleid. Er erinnert sich an ihre Beine und Haare. An ihren Duft und ihr Lachen. Inga oder Ingrid oder irgendetwas Ähnliches. Mit aller Macht versucht er, sich ihr Gesicht in Erinnerung zu rufen, aber es bleibt irgendwie unscharf. Was noch da ist, sind ihre Gespräche, ihre gemeinsamen Nächte. Sie schlichen sich in ihr Zimmer. Er erinnert sich noch, wie es dort gerochen hatte – und an den Kachelofen, den kalten Boden, ihren warmen Körper und die Decke. Sie liegt im Gras. Ihr Gesicht ist irgendwie verschleiert, eine leere, graue Oberfläche, auf der er vage sein eigenes Spiegelbild erkennt. Und die Bäume und ganz hinten ein Schild, auf dem **Hus Lies Peter** steht. Manchmal scheint die graue Oberfläche auch leise Geräusche von sich zu geben.

100 Jahre später. Er ist 383, sieht aber aus wie 360. Er liegt im Wald wie ein hautfarbener See. Lebt von den Enten, die auf ihm landen. Er schluckt sie roh. Manchmal rudern Liebespaare in Booten auf ihm herum. Er unterscheidet nicht mehr zwischen Schlafen und Wachen. Er denkt an ein Mädchen, eine Frau, die Inga oder Ingrid hieß und mit der er einmal im Tiergarten war. Vor irgendeinem

Restaurant. Nachts, wenn der Mond seine Haut mit all den Leberflecken anstrahlt, sieht er wie ein kleines Universum aus, mit Galaxien und weit entfernten Sonnensystemen.

Brøndby, Hundige und Ishøj Strand waren im Sommer von Menschen überlaufen. Wenn der Wind wie üblich aus Nordwest kam, lagen diese Strände windgeschützt hinter dem Berg. Im Sommer gab es keine besseren Orte als diese Strände am Fuß des sich mehr als 3.000 Meter in den blauen Himmel erstreckenden Berges. Die New York Times *kürte den Hundige Strand einmal sogar zum schönsten Strand der Welt. Die vielen Besucher der Gegend fanden unzählige Cafés, Restaurants und Diskotheken vor. Sie lagen Seite an Seite an der Strandpromenade oder etwas höher, sodass sie eine gute Aussicht über das Wasser boten. Während die Tage den Familien mit Kindern und den älteren Touristen gehörten, waren die Nächte den Jüngeren vorbehalten. Sie feierten, bis der neue Morgen anbrach.*

FRÜHSTÜCK KOMPLETT

»Taj Mahal« heißt eine große Diskothek am Hang des Mount Kopenhagen. Drei junge Männer und eine Frau stehen mit vielen anderen Jugendlichen auf der großen Terrasse mit Aussicht über die Greve Bugt. Die drei jungen Männer sind zusammen aufs Gymnasium gegangen. Die junge Frau hat Mikkel gerade erst kennengelernt. Mikkel und die junge Frau küssen sich lange. Es geht auf fünf Uhr morgens zu. Bald wird die Diskothek schließen.

»*Lass uns noch ins Kongen gehen*«, sagt Tobias zu Jakob, der neben ihm steht. Er schreit ihm beinahe ins Ohr, dabei ist die Musik gar nicht so laut.

»*Die machen hier eh gleich dicht. Gehen wir noch ins Kongen, bevor man da wieder Schlange stehen muss.*« Jakob nickt und trinkt einen Schluck von seinem Bier.

»*Was ist mit euch, kommt ihr auch mit?*«, fragt Tobias.

Mikkel und die junge Frau lösen sich langsam voneinander.

»*Ja, äh, wohin?*«, fragt Mikkel und wischt sich die roten Lippen ab.

»*Ins Kongen, bevor da zu viel los ist.*«

»*Ja, warum nicht?*«, antwortet die junge Frau. Sie wirkt weniger angetrunken als die anderen.

Von der Diskothek führt ein Pfad am Berg nach unten. Tobias und Jakob gehen vor. Mikkel und die junge Frau folgen. Tobias zieht einen Joint aus seiner Jacke.
» *Voilà, Monsieur, ein Spliff Natur.*«
Sie rauchen im Gehen. Kein Windhauch rührt sich. Die Sonne geht auf und wirft ihre ersten Strahlen auf die Segelboote, die unten in der Bucht liegen. Ein Fischkutter legt am Kai ab.
» *Wie heißt du noch mal?*«, fragt Mikkel die junge Frau.
»*Siri*«, antwortet sie.
» *Willst du auch?*«, fragt Mikkel und nimmt einen Zug.
»*Ja, gerne. Gras?*«
Mikkel nickt, den Mund voller Qualm.

Schon aus der Ferne ist zu erkennen, dass das »Kongen av Danmark« gut besucht ist. Mit Glück ergattern sie einen der letzten freien Tische. Bald darauf ist der Laden vollgestopft mit Leuten – die meisten high. Eine Bullenhitze und überall Rauch. Auf der kleinen Tanzfläche sind zwei Männer und eine Frau. Einer der beiden hat seine Hände um ihre Hüfte gelegt und drückt sich an sie, sobald sich eine Möglichkeit bietet. Jakob geht an die Bar.
»*Denk an den Ferna*«, ruft Tobias ihm hinterher.

Vor der Bar hat sich eine Traube gebildet. Nur ein Barkeeper arbeitet, aber Jakob kennt ihn. Er glaubt, dass er Ole heißt, ist sich aber nicht sicher genug, um ihn mit Namen zu begrüßen. Wartend mustert er das Regal hinter der Bar und sieht, dass es Fernet Branca gibt. Unter dem Regal mit den Flaschen stehen zwei rote Servierwagen. Auf dem einen ist Käse, auf dem anderen liegen rote Würste. In einem kleinen Korb daneben liegen gekochte Eier. Ole sieht Jakob und nickt ihm anerkennend zu.

»*Hallo* ...«, sagt Jakob, lässt den Namen aber aus.

»*Gibst du mir vier große Bier und vier Fernet?*«

Jakob fragt sich, ob er ein Frühstück komplett bestellen soll. Aber es ist nicht so einfach, ein Frühstück in einer Morgenkneipe zu bestellen. Solche Bestellungen werden von den Barkeepern nur ungern entgegengenommen, als wäre es kein natürlicher Teil ihrer Arbeit, Essen zu servieren. Ole stellt alles auf ein Tablett und rechnet im Kopf zusammen.

»*Zweihundertvierzig.*«

»*Gibt es eigentlich noch das Frühstück komplett?*«, fragt Jakob vorsichtig. Ole sieht ihn etwas irritiert an. Dann geht er zu der kleinen Küchentür und spricht mit jemandem, den Jakob nicht sieht. Ole kommt zurück, Jakob sieht ihn freundlich an.

»*Ja, gibt es. Wie viele willst du?*«

»*Vier*«, antwortet Jakob entschuldigend.

»*Vier? Ob wir noch so viele machen können, weiß ich nicht.*« Ole muss zurück zur Küchentür. Die anderen Gäste an der Bar werden langsam unruhig. Eine ältere Frau streckt ihren Kopf durch die Tür und mustert Jakob. Er versucht zu lächeln. Die Frau scheint sich seiner erbarmen zu wollen.

Ole kommt wieder zurück.

»*Vier Frühstück komplett …*«

Er schreibt die Preise auf einen kleinen Zettel und rechnet alles zusammen.

»*Fünfhundertsechzig Kronen.*«

Mikkel und die junge Frau küssen sich. Tobias verteilt die Getränke. Er nimmt einen Fernet.

»*Prost!*«

Alle prosten sich zu. Jakob muss auf den Tisch vor sich starren, um sich nicht zu übergeben. Er trinkt einen Schluck Bier und spült den quälenden Schnapsgeschmack hinunter.

»*Warum hat das mit der Dunkelhaarigen eigentlich nicht geklappt?*«, fragt Tobias.

»*Mit wem?*«

»*Mit dieser kleinen Dunkelhaarigen mit dem Pferdeschwanz. Die auf das Gymnasium Rødovre gegangen ist.*«

»*Keine Ahnung.*«

»*Die war doch total verknallt in dich.*«

»*War sie das?*«

»*Ja, Mann, du kapierst wirklich gar nichts.*« Tobias lacht.

Jakob starrt lächelnd auf die Tischplatte.

»*Und warum hast du es nicht bei ihr versucht?*«

Tobias trinkt einen Schluck Bier.

»*Die hat viel zu kleine Brüste. Ich käme niemals auf die Idee, ein Mädchen mit derart kleinen Titten anzumachen. Die waren ja kleiner als meine. Ein Brett mit Nägeln. Nee, Mann, hör auf. Wir sind doch keine Tiere.*« Tobias schlägt mit der Faust auf den Tisch, um den Ernst seiner Aussage zu unterstreichen, sodass Bier aus den Gläsern schwappt. Alle lachen.

»*Ich wusste nicht, dass du so klare Vorstellungen hast, was Titten angeht. Von Politik hast du keine Ahnung, aber was Titten angeht, bist du ja konsequenter als Gandhi.*«

Tobias, der gerade einen Schluck Bier getrunken hat, prustet los. Bier spritzt über den Tisch und auf Mikkel und das Mädchen. Alle lachen nur noch lauter. Sie prosten sich noch einmal zu und leeren ihre Gläser. Tobias geht an die Bar. Die kleine Kneipe ist jetzt richtig voll, und alle Gäste sehen komplett fertig aus. Jakob kennt einige von ihnen. Darunter auch die alte Dame, die immer allein am Tisch sitzt und aus dem Fenster starrt. Auf der Straße ist Jakob schon ein paarmal an ihr vorbeigegangen. Tobias hat wieder Fernet Branca bestellt.

»*Prost!*«, sagt Tobias zufrieden und hebt sein Glas mit ausgestrecktem Arm in die Höhe. Widerwillig ergreift Jakob sein Glas und trinkt. Dann nimmt er schnell einen Schluck Bier, aber das Bier mischt sich nur mit dem bitteren Geschmack des Kräuterschnapses. Er steht auf und taumelt in Richtung Toilette. Es stinkt nach Pisse. Schwankend pinkelt er ins Becken. Er wirft sich kaltes Wasser ins Gesicht und trocknet sich mit seinem T-Shirt ab. Seine Haare stehen in alle Richtungen ab, und seine Augen sind rot und zusammengekniffen. Seine Haut ist braun, die Haare sind von der Sonne gebleicht. Er trinkt einen Schluck Wasser und wischt sich den Mund noch einmal mit seinem T-Shirt ab. Dann geht er zu den anderen zurück. Das Bier schmeckt nicht mehr.

Plötzlich kommt wie aus dem Nichts eine Frau zu ihnen. Sie sieht aus wie Ole. Vielleicht ist sie seine Mutter. Sie hat ein Tablett mit Frühstück in der Hand.

»*Viermal Frühstück komplett, ist das hier?*«, fragt sie, als befände sie sich in einem Restaurant.

»*Ja*«, antwortet Jakob, »*ich habe für alle Frühstück bestellt.*« Die junge Frau springt von Mikkels Schoß und setzt sich Jakob gegenüber auf einen Stuhl. Jakobs Geste überrascht alle. Ein Anflug von Güte. Dankbarkeit ergreift sie alle. Höflich räumt Tobias die halb vollen Biergläser zur Seite und lächelt die ältere Frau an. Er sieht aus wie ein kleiner Junge. Der Kaffee wirkt wie ein Wunder – schwarz. Auf der Untertasse liegen zwei Stück Zucker, ein kleines Milchdöschen und ein Löffel. Jakob trinkt einen Schluck und wird schlagartig wieder etwas nüchterner. Er spürt, wie der Kaffee seinen Hals hinabläuft und die Wärme sich in seinem Bauch ausbreitet. Das Frühstück schmeckt himmlisch. In keinem Spitzenrestaurant der Welt wird das Essen so genossen wie hier und jetzt in dieser Kneipe. Mit einem Mal ist die Stimmung fast intim und zivilisiert, als säße man noch spät zu Hause in der Küche. Jakob mustert die junge Frau. Sie hat schwarze, kurze Haare. Ein Gesicht voller Sommersprossen.

»*Wie heißt du eigentlich?*«

»*Siri*«, antwortet sie. »*Ihr habt wirklich ein Problem mit Namen, oder?*«

Sie erwidert Jakobs Blick und lächelt. Er lächelt zurück. Ihre Augen sind braun, fast schwarz, und schmal. Sie isst weiter. Jakob sieht sie weiter an. Auch sie hebt noch einmal ihren Blick. Da ist etwas an ihr, das ihm erst jetzt auffällt. Sie hat ein Muttermal auf der linken Gesichtshälfte, unweit des Auges. Sie wirkt so ernst. Wie schön sie ist. Dass ihm das erst jetzt auffällt. Sie sieht ihn fragend an.

»*Und wie heißt du?*«

»*Jakob.*«

Nickend beißt sie in ihr Brötchen.

Zwei Wochen später. Jakob steht an der Bar des »Taj Mahal«. Er hat ziemlich viel getrunken, fühlt sich aber noch immer schrecklich nüchtern. Er hat versucht, mit ein paar Frauen zu reden, aber immer fehlten ihm die Worte. Vor allem interessante oder unterhaltsame Worte. Jetzt steht er schon eine halbe Stunde allein an der Bar. Er weiß nicht, wo die anderen sind, es ist ihm aber auch egal. Dann fasst er den Entschluss zu gehen.

Er geht allein über den kleinen Pfad nach unten in Richtung Stadt. Es ist Nacht. Gerade mal drei Uhr morgens. Er ist erleichtert darüber, die Diskothek verlassen zu haben. Spürt seine Füße auf dem dunklen Weg. Alles ist dunkel, aber der Himmel wird bereits blau. Es ist warm. Er bleibt stehen und zündet sich eine Zigarette an.

»*Jakob…*«, ruft eine Frauenstimme hinter ihm.

»*Jakob, bist du das?*« Eine Gestalt nähert sich.

»*Ja, und wer bist du?*«

»*Siri, wir waren vor ein paar Wochen zusammen im Kongen. Bist du auf dem Weg nach Hause?*«

So weit hatte Jakob noch gar nicht gedacht. Er wollte einfach nur nach draußen, allein sein.

»*Nein, ich wollte einfach … ein bisschen raus, glaube ich. Hast du die anderen getroffen? Die sind noch drin.*«

Sie bleibt vor ihm stehen. Er erkennt ihr weißes Gesicht im Dunkeln und sucht nach den richtigen Worten, aber sein Kopf bleibt leer.

»*Sollen wir uns setzen?*«, fragt Jakob, um etwas zu sagen.

»*Hier?*«

»*Tja, wenn du Lust hast.*« Jakob sieht sich im Dunkeln nach einer Sitzgelegenheit um.

»*Ich weiß, wo wir uns setzen können, aber das ist ein Stück weg. Bist du okay?*«, fragt sie.

»*Ja, klar.*«

Siri geht mit Jakob zurück, an der Diskothek vorbei und weiter nach oben. Sie gehen, ohne etwas zu sagen.

»*Bist du eigentlich mit Mikkel zusammen?*«, fragt Jakob und bereut die Frage sogleich.

»*Nein, das war nur so zum Spaß.*«

Sie gehen lange. Niemand sagt etwas, aber das macht nichts. Dann nimmt Siri Jakobs Hand.

»*Hier entlang*«, sagt sie und zeigt auf einen Busch neben dem Weg.

»*Da müssen wir durch.*«

Siri drückt sich zwischen den Zweigen hindurch. Jakob folgt ihr. Hinter dem Gebüsch ist eine kleine Wiesenfläche, nur ein paar Meter im Durchmesser.

»*Hier?*«, fragt Jakob.

»*Nein, noch nicht ganz.*«

Siri nimmt noch einmal Jakobs Hand und führt ihn weiter nach oben. Sie gehen durch einen steilen Kiefernwald, in dem sie sich an den Bäumen festhalten müssen, um nicht das Gleichgewicht zu verlieren. Sie laufen weiter, ohne etwas zu sagen. Siri zeigt nach links und sagt:

»Es ist gleich hier. Aber wir müssen vorsichtig sein. Es geht hier steil nach unten. Da unten ist das Kompostwerk.«

Am Ende des Kiefernwaldes wachsen Büsche und Sträucher. Siri lässt Jakobs Hand los.

»Hier musst du aufpassen.«

Jakob sieht über seine linke Schulter. Neben ihm tut sich ein Abgrund auf. Sie gehen über einen schmalen Grat. Wer hier stolpert, riskiert, in die Tiefe zu stürzen. Siri geht vor. Sie hält Jakobs Hand und führt ihn vorsichtig am Abgrund vorbei. Jakob spürt die warme Luft, die vom Kompost aufsteigt. Irgendwo läuten Glocken.

»Hier ist es«, sagt sie und streckt ihren Arm aus. Jakob sieht nur schwarze Büsche.

» Was?«

Siri geht weiter.

»Komm.«

Erst jetzt erkennt Jakob die kleine Hütte, auf die Siri gezeigt hat. Sie ist tief in die Erde gegraben worden, sodass nur das Dach herausragt. Siri nimmt ein paar Zweige weg, und eine kleine Tür kommt zum Vorschein. Sie müssen sich tief bücken, um in die Hütte zu kommen. Drinnen ist es stockfinster. Siri zündet mit einem Streichholz eine Kerze an. Der Raum ist größer, als Jakob erwartet hat. Er kann aufrecht stehen und richtet sich auf. Auf dem Boden liegt ein Teppich, und in einer Ecke steht ein Tisch mit ein paar Stühlen. In einer anderen Ecke liegen Schlafsäcke und Kopfkissen. An der Wand hängen Regale, auf denen Bücher und ein paar grüne Metalldosen stehen.

»*Was ist das hier für ein Ort?*«

»*Das ist mein Ort. Gefällt er dir?*«

»*Ja, verdammt. Wohnst du hier?*«

»*Nein, aber der Ort hier gehört mir. Das ist eine der alten Hütten, die die Grönländer seinerzeit gebaut haben. Die hier stammt von meinem Großvater. Er hat sie mir und meiner Schwester gezeigt, als wir noch klein waren. Mein Großvater und meine Großmutter waren die ersten Grönländer hier oben. Er hat gesagt, mein Vater sei hier gezeugt worden. Die meisten Hütten wurden abgerissen, aber diese hier haben sie nie gefunden. Niemand sonst kennt die.*«

»*Kommt deine Schwester auch hierher?*«

»*Nein, sie wohnt in Jütland und hat zwei Kinder. Willst du ein Bier?*«

»*Du hast hier sogar Bier?*«

»*Ja, und Chips, wenn du willst.*« Siri lächelt. Jakob kann sein Lachen nicht zurückhalten.

»*Du bist verrückt. Das ist der schrägste Ort, an dem ich jemals war.*«

Siri gibt Jakob ein Bier und eine Tüte Chips. Dann tritt sie an das kleine Fenster und öffnet die Fensterläden. Sie holt Schlafsäcke und Kissen, und sie kriechen hinein. Plötzlich fällt Jakob ein, dass er noch einen Joint in der Tasche hat.

»*Hast du Lust, Gras zu rauchen?*«

»*Ja, klar.*«

Jakob zündet den Joint an. Der süße Rauch füllt seinen Mund. Durch das Fenster sehen sie den dunkelblauen Himmel und hier und da ein paar Wolken. Im Licht der Morgensonne glänzen sie hellorange. Jakob trinkt einen Schluck Bier.

»*Versprichst du mir, nie jemandem von diesem Ort hier zu erzählen?*«

Siri sieht ihn voller Ernst an. Sie ist so schön. Ihre braunen Augen, die kurzen, schwarzen Haare.

»*Ich verspreche es.*«

Sie sehen sich in die Augen. Jakob weiß ganz genau, dass das der Moment ist, an dem er sie küssen soll, aber er unternimmt nichts. Sie streichelt seine Wange. Beugt sich vor und drückt ihre Lippen auf seinen Mund. Ihr Duft ist genau so, wie er ihn sich vorgestellt hatte. Ihre Lippen sind weich. Sie ziehen sich aus. Er küsst ihre Brüste. Als sie nackt sind, setzt sie sich auf ihn. Die Sonne ist aufgegangen. Im Morgenlicht erkennt er die kleinen Härchen auf ihrer Schulter.

Der Mount Kopenhagen hatte neben der Müllverbren-
nungsanlage im Inneren des Berges, die das Fernwärme-
system speiste, zwei weitere Energiequellen: Solarzellen
auf der Südseite und einen mehr als 60 Meter hohen Blitz-
ableiter aus Kupfer, der in einem eingezäunten Areal auf
dem Gipfel stand. Immer wenn ein Blitz darin einschlug,
wurde genug Energie gespeichert, um den gesamten Berg
für einen Monat mit Strom zu versorgen. Im Sommer,
wenn die Gewitter häufig waren, konnte so genug Ener-
gie angesammelt werden, um den Verbrauch bis weit in
den Winter zu decken. Die Höhe des Berges trug dazu
bei, dass so viele Blitze einschlugen, aber auch die inne-
re Konstruktion spielte eine wichtige Rolle. Der Berg be-
stand aus einer gigantischen, mit Sand gefüllten Beton-
schale. Um die Betonschale herum verliefen Stahlrohre,
die wie eine Spirale vom Boden bis zum Gipfel reichten.
Obwohl der Berg zu guter Letzt mit einer mehrere Me-
ter dicken Erdschicht verkleidet worden war, verstärkte
das Metall die ohnehin schon hohe Blitzanfälligkeit des
Mount Kopenhagen.

MAGNETOS ENDE

Flemming macht sich auf den Weg über die Felder. Seine riesigen Metallfüße sinken bei jedem Schritt tief in den weichen Boden ein. Er richtet den Blick auf den Blitzableiter auf dem Gipfel des Mount Kopenhagen. Das ist sein Bestimmungsort.

Er verlässt die Felder und tritt auf die Autobahn 23, nicht ohne sofort ein Verkehrschaos herbeizuführen. Ein Lastwagen, der mit mehr als hundert Stundenkilometern auf der rechten Spur fährt, muss ausweichen, um nicht mit Magneto zu kollidieren, und stößt mit zwei Personenwagen auf der linken Spur zusammen. Eines der Autos wird von der Straße an die Mittelleitplanke gekickt, dreht sich in der Luft und landet kopfüber auf der Gegenfahrbahn, wo gleich danach ein Fahrzeug frontal auf es auffährt. Auch der Lastwagen gerät außer Kontrolle, kippt auf die Seite und rutscht weiter, sodass die Funken fliegen. Auf beiden Fahrbahnen rasen weitere Autos in die Unfallstelle. Flemming scheint den Ziehharmonikaeffekt des Unfalls nicht zu bemerken. Er registriert nur den Lastwagen, der an ihm vorbeirutscht. Wie ein wildes Tier schreit

Flemming ihn an und feuert eine seiner Metallkugeln Marke Kasse 1 auf ihn ab. Der Lastwagen explodiert.

Flemming läuft weiter. Mit einem Mal ist vor ihm alles frei. So weit sein Blick reicht, ist kein Auto zu erkennen. Nur auf der Gegenfahrbahn ist noch Verkehr, wobei einige der Fahrer bei Magnetos Anblick die Kontrolle über ihre Wagen zu verlieren scheinen.

Das durch Flemming verursachte Chaos wird zuerst von der Autobahndirektion bemerkt, die gleich darauf das Militär verständigt. Ein Helikopter wird ausgesandt, um den geheimnisvollen Metallmann zu stoppen.

Als der Hubschrauber ankommt, sind bereits mehr als zwanzig Fahrzeuge in den Unfall verwickelt. Rettungswagen fahren immer wieder zur Unglücksstelle. Sanitäter versorgen die Verletzten.

Der Helikopter fliegt zu Flemming und positioniert sich vor ihm. Dann ruft ein Soldat in Kampfmontur ins Megafon:

»HIER SPRICHT DAS MILITÄRISCHE EINSATZ-KOMMANDO. BLEIBEN SIE AUGENBLICKLICH STEHEN UND LEGEN SIE SICH AUF DEN BODEN, DIE HÄNDE HINTER DEM KOPF.«

Es ist schwer zu sagen, was Flemming in diesem Moment mitbekommt. Sicher ist, dass er den Helikopter sieht, und vermutlich versteht er auch, was der Mann ihm sagt, denn im nächsten Augenblick beugt er sich etwas vor, sodass er wie eine stählerne Urzeitechse aussieht, und schreit metallisch in den Himmel.

Der Soldat wiederholt:

»*HIER IST DAS MILITÄRISCHE EINSATZKOMMANDO. BLEIBEN SIE AUGENBLICKLICH STEHEN UND LEGEN SIE SICH MIT DEN HÄNDEN HINTER DEM KOPF AUF DEN BODEN. ICH WIEDERHOLE: BLEIBEN SIE AUGENBLICKLICH STEHEN UND LEGEN SIE SICH MIT DEN HÄNDEN HINTER DEM KOPF AUF DEN BODEN. DAS IST DIE LETZTE WARNUNG.*«

Dann feuert der Soldat einen Warnschuss ab, aber Flemming bleibt nicht stehen. Der Helikopter hängt ruhig in der Luft. Der Soldat zielt und schießt. Das Projektil trifft Flemming mit einem lauten Knall knapp über dem Knie am linken Bein und hinterlässt eine Delle in dem glänzenden Metall. Flemming gerät für einen Augenblick ins Taumeln, findet aber schnell das Gleichgewicht wieder. Er schreit noch einmal auf, hebt Kasse 1 an und feuert eine Metallkugel in den Helikopter, der wie ein brennender Meteorit zu Boden stürzt.

Der Abschuss eines Militärhelikopters ist der erste Angriff auf das dänische Militär auf dänischem Gebiet und löst die volle Alarmbereitschaft bei den Streitkräften aus. Die Militärführung und das Operativkommando Luftwaffe übergeben das Kommando an Oberstleutnant

Ove Ringgaard, der sich auf einer Basis in der Nähe von Stenløse befindet, wo er einen Vortrag für junge Offiziersanwärter hält. Er ist ein kleiner Mann, nur eins fünfundsechzig groß, hat einen Seitenscheitel und einen gepflegten blonden Oberlippenbart, der ein maskulines Gegengewicht zu den ungewöhnlich großen, gefühlvollen blauen Augen darstellt, die Oves Gesicht dominieren. Seine Bewegungen sind ruhig, aber entschlossen, und seine freundliche Stimme verrät, dass er auf Fünen aufgewachsen ist. Ein Sekretär steckt den Kopf in den Seminarraum.

»*Ove, entschuldigen Sie, aber wir haben eine wichtige Nachricht von der Militärführung für Sie.*«

Ove ist sofort bewusst, dass die Situation ernst sein muss.

Auf dem Flur stehen zwei Militärpolizisten und grüßen ihn militärisch, als er vor die Tür tritt. Einer reicht ihm ein Telefon. Am Apparat ist das Oberkommando des Heeres. Ove nimmt den kurzen Befehl entgegen.

Er setzt sich auf die Rückbank des wartenden Jeeps. Es ist nicht möglich, den Metallmann über das übliche Radar zu orten, aber das Dänische Meteorologische Institut DMI hat ihn wie ein kleines Unwetter, das sich über die Autobahn 23 dem Mount Kopenhagen nähert, auf seinen Satellitenbildern. Wohlgemerkt ein Unwetter, das nur auf den Satellitenbildern zu sehen ist, da noch immer die Sonne scheint.

Ove Ringgaard entscheidet noch im Auto, eine Straßensperre wenige Hundert Meter vor dem Berg errichten zu lassen. Er befiehlt, sie auch auf die angrenzenden Felder auszuweiten, da der Metallmann ja in alle Richtungen mobil ist.

Flemming weiß zu diesem Zeitpunkt noch nicht, dass das Militär einen wohlkoordinierten Angriff auf ihn plant. Er macht sich keine großen Gedanken, sondern freut sich einfach, dass ihm keine weiteren Autos in die Quere kommen. In Gedanken ist er schon bei dem Blitzableiter, dabei wird zehn Kilometer vor ihm die Straße verbarrikadiert.

Zwanzig Minuten später ist Ove an der Absperrung. Panzer und Einheiten beziehen Stellung, und die Soldaten errichten eine Wand aus Sandsäcken. Ove Ringgaard tritt an einen kleinen Tisch, das strategische Zentrum der provisorischen Kommandozentrale. Eine Karte liegt bereit, festgehalten von zwei Thermoskannen mit Kaffee und Tee. Zwei Offiziere der Luftwaffe und des Militärischen Einsatzkommandos blicken konzentriert auf das Papier. Sie grüßen Ove militärisch, als er zu ihnen tritt.

»*Guten Tag, meine Herren. Schön, dass es Kaffee gibt. Sind wir bereit?*«

Die Offiziere nicken ihm lächelnd zu.

»*Ich gehe davon aus, dass Sie bereits gebrieft wurden. Unser Ziel ist etwa zehn Kilometer entfernt und bewegt sich mit einer Geschwindigkeit von rund zwanzig Stundenkilometern auf uns zu. Wir haben also noch knapp dreißig Minuten Zeit. Ich habe einen Plan. Weitere Vorschläge sind aber willkommen. Wir greifen in drei Wellen an. Als erste Welle schicken wir F-16-Kampfflugzeuge, die ihre Missiles auf ihn abschießen sollen. Insgesamt werden vier solcher Flugzeuge zum Einsatz kommen. Ich gehe davon aus, dass der Kampf in wenigen Minuten vorüber sein wird. Fragen? Sollte unser Metallmensch den Angriff überleben, was ich stark bezweifle, setzen wir die Panzer ein. Wir haben hier vor Ort zwölf Kampfpanzer, ist das richtig?«*

Der Offizier vom Militärischen Einsatzkommando nickt bestätigend.

»Gut, ich will mindestens vier Panzer seitlich von ihm haben, damit sie ihn auch von den Flanken aus angreifen können, während er mit den Panzern vor sich zu kämpfen hat. Sie sollen in einem großen Bogen um ihn herumfahren, damit er sie nicht bemerkt. Ich will aber vermeiden, dass es zu weitverbreiteten Kampfhandlungen kommt, die wir nicht kontrollieren können. Geben Sie diese Befehle gleich an die beiden ersten Panzer durch. Die letzte Welle ist der Nahkampf, für den uns vierhundert Soldaten zur Verfügung stehen. In Anbetracht der bereits vorgerückten Stunde schlage ich vor, dass die Flugzeuge sofort starten. Fragen?«

…

»Nein? Dann gebe ich den Befehl zum Angriff.«
»Jawohl.«

Das Trio setzt sich auf die kleinen Klappstühle, die für sie bereitgestellt worden sind. Ein Soldat kommt mit Kopfhörern, damit sie den Verlauf der Schlacht verfolgen können und Funkkontakt zu den Piloten haben. Der Offizier der Luftwaffe gibt den Piloten den Befehl zum Angriff.

Ove gießt sich eine Tasse Kaffee ein. Er lässt drei Stückchen Zucker in den Kaffee gleiten und gießt etwas Milch hinzu. Vorsichtig rührt er um, bis der Zucker sich aufgelöst hat. So wird das doch noch ein guter Tag, denkt er.

Obwohl die Flugzeuge Flemming in 3.000 Metern Höhe passieren und nur als vier kleine Punkte am blauen Himmel zu erkennen sind, hört er das Brummen der kräftigen Motoren. Er ist wachsam und heult die Flugzeuge aggressiv an.

Die F-16 fliegen in Angriffsformation. Flemming bleibt stehen und betrachtet die Maschinen. Die erste lässt sich aus der Formation fallen und taucht in seine Richtung ab. Kurz bevor sie ihren Sturzflug beendet, feuert sie ihre Missiles ab. Gleich danach dreht sie nach links weg. Den Abschuss der Missiles scheint Flemming nicht mitbekommen zu haben, denn er bleibt reglos stehen. Dann hebt er Kasse 1 an und zielt. Mit bemerkenswerter Präzision schießt er das 1.500 Stundenkilometer schnelle Flugzeug in 1.000 Metern Höhe ab. Es explodiert.

In der Folge geschieht etwas höchst Merkwürdiges. Flemming steht noch immer regungslos da, während die Missiles durch die Luft auf ihn zurotieren. Statt zu fliehen oder seinen Angriff fortzusetzen, bleibt er einfach nur stehen, lässt Kasse 1 sinken und dreht den Kopf hin und her, als dächte er über etwas nach. Dann hebt er den Arm und zeigt auf die drei verbleibenden Flugzeuge. Die Missiles sind nur noch wenige Hundert Meter von Flemming entfernt, als er einen Ruck mit dem ausgestreckten Arm macht und die drei Flugzeuge wie von Geisterhand gesteuert ineinanderfliegen und explodieren. Die Wucht ist so groß, dass der Lichtblitz noch in der Kommandozentrale zu erkennen ist. Kurz darauf schlagen die Missiles, die das erste Flugzeug abgeschossen hat, in Flemming ein. Flemming verschwindet in einer Rauchwolke. Als der Rauch der Explosion sich legt, kommt ein Krater zum Vorschein, der sich über beide Fahrbahnen erstreckt.

In der Kommandozentrale ist es vollkommen still. Ove Ringgaard und die Offiziere warten auf den Statusbericht. Sie wissen, dass die Flugzeuge abgeschossen wurden, aber sie verstehen noch nicht, wie das vor sich gegangen ist. Und sie warten auf die Bestätigung, dass der Metallmann besiegt ist. Nach ein paar Minuten, die Ove wie Stunden vorkommen, sagt der Meteorologe des DMI:
»Ich kann ihn sehen. Ich glaube, es gibt ihn noch.«

Flemming liegt am Boden des Kraters. Aus seinem metallenen Körper steigt dicker, schwarzer Rauch auf. Einer seiner Arme ist abgerissen, und aus der Schulter ragt Metall. Es sieht nach teilweise geschmolzenem Besteck aus. Flemming lebt, ist aber noch nicht bei Bewusstsein. Als er zu sich kommt, spürt er unbeschreibliche Schmerzen in der gesamten linken Körperhälfte. Er kriecht aus dem Krater. Sein zuvor glänzender Körper ist jetzt rabenschwarz. Aus dem warmen Metall steigt noch immer Rauch auf. Die Schmerzen rauben ihm noch einmal für einen Augenblick die Besinnung, und ihm wird schwarz vor Augen, doch dann machen die Schmerzen einer unbändigen, nicht mehr kontrollierbaren Wut Platz. Er beginnt, laut und lang anhaltend zu heulen, und mit dem Schrei ballen sich dicke, schwarze Wolken über ihm am Himmel zusammen.

Nach wenigen Minuten bricht ein gewaltiges Unwetter los. Die Schreie des Metallmannes sind noch bis in die Kommandozentrale zu hören. In Ove Ringgaards sonst so ruhigen, blauen Augen ist ein Anflug von Panik zu erkennen, doch dann gewinnt die Ruhe wieder die Überhand. Gut, dann setzen wir eben auf Phase zwei, denkt er. Ove dreht sich um und blickt zum Offizier des Einsatzkommandos:

»Jetzt sind Sie an der Reihe.«

Der Offizier gibt den Panzern den Marschbefehl. Noch kennt niemand Flemmings wahre Kraft.

Die Leopard 2A5-Panzer rücken über alle vier Fahrbahnen vor und walzen über die Autos, die die geflohenen oder verletzten Fahrer zurückgelassen haben. Nach wenigen Hundert Metern sind die Panzer in Schussweite und feuern mit einem ohrenbetäubenden Lärm ihre taktischen Missiles ab. Auch die vier Panzer, die sich weitab rechts und links auf den Feldern befinden, feuern. Ove ruft die Truppen zusammen, sie sollen sich auf den Nahkampf vorbereiten.

Was dann passiert, ändert Oves Pläne von Grund auf. Die Panzer befinden sich noch in relativer Sicherheit gut zwei

Kilometer von ihrem Ziel entfernt. Doch plötzlich wird einer der Panzer wie von unsichtbarer Hand platt gedrückt. Der dicke, armierte Stahl des 62 Tonnen schweren Fahrzeugs knickt in sich zusammen. Dasselbe Schicksal erleiden die anderen Panzer, bis alle kampfunfähig auf der leeren Straße liegen. Ove traut seinen Augen nicht. Panik bricht unter den Soldaten aus. Ove nimmt das Fernglas, das er an einer Schnur um den Hals trägt, und richtet seinen Blick auf die Autobahn. Der Metallmann ist in der Ferne als kleiner, schwarzer Punkt zu erkennen. Aus der Distanz sieht es so aus, als würde er wild mit den Armen gestikulieren. Als er ein ebenso bekanntes wie Unheil verkündendes Heulen hört, lässt Ove das Fernglas sinken. Über sich sieht er die Missiles der Panzer in der Sonne glitzern und auf die Kommandozentrale zurasen. Sie sind in der Luft gewendet worden. Ove wirft sich hinter die Sandsäcke. Im nächsten Augenblick verwandelt die Kommandozentrale sich in ein brennendes Inferno. Ove wird zwanzig Meter durch die Luft geschleudert und verliert das Bewusstsein. Als er wieder zu sich kommt, kann er weder hören noch sehen. Er befindet sich am Rand eines Bombenkraters. Früher ist dort einmal die Autobahn gewesen. Es beginnt zu regnen. Er tastet nach seinen Beinen, um sicherzugehen, dass sie noch da sind, und kriecht instinktiv nach oben. Der Bereich der Kommandozentrale ist in einen dicken, schwarzen Rauch gehüllt, Oves geblendete Augen brennen. Er wischt sie mit dem Ärmel seiner Jacke ab und hustet. Seine Haare sind verbrannt. Auf seinem blutig roten Schädel sind nur noch wenige verkohlte Büschel zu erkennen. Der Schnäuzer ist intakt. Als der Rauch sich langsam lichtet, senden Oves Augen erste Signale ans Gehirn. Die Sehkraft kommt zurück. Überall liegen tote oder verwundete Soldaten. Einigen fehlt der Kopf, andere haben weder Arme noch Beine. Es ist ein Massaker. Unter großen Mühen steht er auf und sieht durch das Fernglas in Richtung Metallmann. Ove erkennt ihn deutlich. Sein schwarzer Metallkörper qualmt noch immer, und seine roten Augen leuchten. Es kann höchstens ein paar Minuten dauern, bis er die Reste der Barrikade erreicht. Ove hinkt zwischen den Toten und Verwundeten hindurch und schreit:

»*RÜCKZUG! RÜCKZUG!*«

Er nimmt sein Handy und ruft den Generalstab in Vedbæk an.

»*WIR SIND BESIEGT WORDEN, BESIEGT. WIR ZIEHEN UNS MIT SOFORTIGER WIRKUNG ZURÜCK. ES GIBT KEINE MÖGLICHKEIT, IHN MIT KONVENTIONELLEN WAFFEN ZU BESIEGEN. ICH WIEDERHOLE: KEINE MÖGLICHKEIT, IHN MIT KONVENTIONELLEN WAFFEN ZU BESIEGEN.*«

Der Wind nimmt zu und schleudert den Regen in Kaskaden durch die Luft. Ove sieht sich hektisch nach einem funktionstüchtigen Fahrzeug um. Ein paar Hundert Meter entfernt, außerhalb des Explosionsbereichs, erblickt er einen Jeep. Ohne nachzudenken, hebt er einen verletzten Soldaten an. Ein Bein des Mannes ist abgerissen worden, der Verwundete blutet stark. Ove zieht ihn rückwärts in Richtung Jeep. Wind und Regen nehmen weiter zu. Es ist kaum noch möglich, aufrecht zu gehen. Er bugsiert den

Soldaten auf den Beifahrersitz, lässt den Motor an und fährt auf die vollkommen verwaiste Straße. Im selben Moment erreicht der Metallmann die Panzer. Ove fährt in Richtung Berg. Im Rückspiegel sieht er das Unwetter wüten. Sie fahren die ersten Steigungen hoch. Dann sieht Ove zum Soldaten, der mit weit geöffneten Augen auf dem Beifahrersitz liegt.

Ove steigt aus dem Wagen und lässt seinen Blick über die Landschaft schweifen. Der Metallmann nähert sich.

Das Unwetter tobt und trifft den Berg wie eine Brandungswelle die Klippen. Dann kommen der Regen und die Blitze, die auf den Berg einhämmern. Manchmal scheint auch der Metallmann getroffen zu werden, aber das scheint ihn nur schneller zu machen. Ove beschließt, ihm zu Fuß zu folgen. Er läuft durch die steilen Waldbereiche zwischen den Straßen, um mit ihm Schritt zu halten. Der Metallmann geht schnell, gebeugt, wie ein gigantischer, einarmiger Gorilla. Der Boden wird immer weicher und rutschiger. Der Regen spült den Boden weg. Ove muss sich an den Bäumen hochziehen. Schließlich kommt er in dem unwegsamen Gelände gar nicht mehr vorwärts und kriecht zur Straße. Den Metallmann sieht er nicht mehr. Dann wird ihm schwarz vor Augen, Schwindel übermannt ihn. Er kriecht zu einem Baum und lehnt sich an den Stamm. Sein ganzer Körper ist matt, und sein Kopf dröhnt. Blut sickert aus seiner Stirn. Er fasst sich an den Kopf, der Regen spült das Blut aber gleich wieder von seiner Handfläche. Ove weiß, dass er die Blutung stoppen muss, wenn er überleben will. Er tippt die 112 ins Handy, doch das Gerät hat seinen Geist aufgegeben. Dann verliert Ove das Bewusstsein. Er kippt seitlich auf den Weg, während der Regen auf ihn eintrommelt.

Auf dem nassen Asphalt liegend, hat er einen inspirierenden Traum.

Er ist auf dem Berg in der Sonne, kann alles um sich herum sehen, nur bewegen kann er sich nicht. Weit über ihm in der Luft kreist eine Gruppe Greifvögel. Im Traum fürchtet Ove, die Vögel könnten ihn fressen, sollten sie bemerken, dass er sich nicht bewegen kann. Er stellt sich vor, wie die schwarzen Vögel ihm die Augen auspicken, während er noch am Leben ist. Die Vögel nähern sich. Er will schreien, kann die Lippen aber nicht bewegen. Nur sein Blick ist noch scharf. Als die Vögel dichter über ihm sind, sieht er, dass sie Menschengesichter haben und gar keine Vögel, sondern Menschen mit Flügeln sind.

Ein Rangerjeep fährt über die Bergstraße nach oben und hält vor Ove an. Zwei grönländische Ranger steigen aus. Beide tragen grüne Regenklamotten mit dem Logo des Mount Kopenhagen auf dem Rücken. Sie heben Ove in den Wagen und verbinden seinen Kopf. Ove kommt wieder zu Bewusstsein, befindet sich aber noch in einem Zustand zwischen Traum und Wirklichkeit. In seinem Kopf sind die Grönländer Soldaten. Er packt einen der beiden Männer und schreit ihm zu:

»*RÜCKZUG! RÜCKZUG!*«

Ove will schlafen, will sich von den Grönländern helfen lassen, findet aber für einen Moment in die Wirklichkeit zurück, als einer der Ranger ihn schüttelt. Er reicht einem der beiden das Handy und murmelt langsam:

»*Ich heiße Ove Ringgaard. Rufen Sie den Generalstab an. Sie sollen den Metallmann mit Vogelmenschen angreifen. Kein Metall. Greifen Sie ihn mit Steinen an.*«

Der Parkranger hat die Nachrichten gesehen und die Geschichte über den Metallmann verfolgt, der die Autobahn verwüstet hat. Sie finden die Nummer auf Oves Handy und rufen den Generalstab vom Satellitentelefon des Jeeps aus an.

»*Hallo. Hier spricht Parkranger Johannes Nielsen. Wir haben hier am Berg einen Soldaten aufgegriffen. Er ist schwer verwundet. Er sagt, sein Name sei Ove Ringgaard. Sagt Ihnen der Name etwas? Ich weiß nicht, ob er verwirrt ist, aber er hat gesagt, dass Sie mit Vogelmenschen angreifen sollen und nicht mit Metall, sondern mit Steinen. Ergibt das Sinn für Sie? Wir bringen ihn jetzt ins Krankenhaus. Er ist schwer verwundet.*«

Flemming befindet sich jetzt 500 Meter von dem Gletscher entfernt, der die Spitze des Berges in Eis und Schnee hüllt. Noch im April friert es hier oben. Das Unwetter, das Flemming folgt, wird zu einem undurchdringlichen Schneesturm, aber er wühlt sich irgendwie weiter. Seine Sehnsucht nach dem Blitzableiter ganz oben auf dem Berg wird immer größer, je näher er ihm kommt.

Der Generalstab hat die Nachricht von Ove verstanden und bei JPFly.com dreihundertfünfzig Vogelmenschen angefordert, aber so viele können nicht kommen, zu viele sind noch auf anderen Missionen.

Die Parkranger bringen Ove ins Avedøre Stadshospital, das direkt am Berg liegt. Er bekommt Blutkonserven und isotonische Lösungen. Nach einer halben Stunde wacht er schweißgebadet auf. Sein Kopf dröhnt. Er richtet sich unter Schmerzen auf, und als er die zwei Ranger sieht, die noch da sind, ruft er:

»*HABEN SIE ANGERUFEN? SIND SIE UNTER-WEGS?*«

»*Ja, wir haben angerufen, wie Sie es gesagt haben. Ich weiß nicht, was jetzt passiert*«, antwortet einer von ihnen.

»*Sie müssen mich sofort zum Berggipfel bringen!*«

Ove versucht aufzustehen.

»*Ich glaube, es ist besser, Sie bleiben hier. Sie haben viel Blut verloren.*«

»*Halten Sie Ihren Mund und helfen Sie mir aus dem Bett!*«

Die Ranger sehen sich an.

»*Sind Sie sicher?*«, fragt einer.

»*JA, VERDAMMT!*«, brüllt Ove und versucht, die Fassung zurückzugewinnen.

»*Haben Sie den Generalstab erreicht? Machen sie's?*«

»*Ja, wir haben angerufen, wie Sie es gesagt haben.*«

»*Gut, helfen Sie mir. Wir müssen auf den Gipfel.*«

»*Wir nehmen das Infusionsgestell mit*«, sagt einer der Ranger. Dann fahren sie Ove in einem Rollstuhl aus dem Krankenhaus.

Flemming hat nur noch 300 Meter bis zum Gipfel, trotzdem wird er in dem unwegsamen Terrain sicher noch eine Stunde brauchen. Wegen des Schneesturms bemerkt er nicht, dass sich von hinten etliche Vogelmenschen nähern. Lautlos fliegen sie heran, zwischen sich Säcke voller Pflastersteine. Sie sind dunkel und dünn. Einige haben rote Punkte auf der Stirn und gelbe Streifen auf dem Nasenrücken. Ihre Blicke sind leer und ausdruckslos. Mehr als 280 Vogelmenschen kämpfen sich durch den Sturm. Der erste Schwung fliegt über Flemming und lässt seine Last fallen. Der kapiert erst nicht, dass er angegriffen wird, als plötzlich Steine lautlos neben ihm in den Schnee fallen. Dann trifft ihn einer an der Schläfe und an der Schulter. Der Schlag ist nicht kräftig genug, um ihn aus der Bahn zu werfen, aber nach dem ersten Stein folgen weitere, und bald scheinen die Brocken vom Himmel zu hageln. Er gerät ins Taumeln. Dann hockt er sich hin und hält sich Kasse 1 schützend über den Kopf. Aber die Angriffe sind gnadenlos. Er sieht nicht, wer ihn angreift, und beginnt, unkontrolliert in den Himmel zu schießen, doch die Kugeln verschwinden nur lautlos in der Dunkelheit. Er hört keine Explosionen, nur das Trommeln des Pflastersteinregens. Flemming krabbelt weiter und wird erneut getroffen. Kopf, Rücken, Beine und Schultern sind dem Steinregen schutzlos ausgeliefert. Er verliert das Gefühl in seinem Körper, kriecht trotzdem weiter in Richtung Gipfel. Wütend schreit er ins Dunkel, aber auch das hindert die Steine nicht daran, weiter auf ihn zu fallen. Er rudert wild mit dem Arm, um weitere Steine abzuwehren.

Als er den Blitzableiter in der Ferne erkennt, mobilisiert er all seine Energie. Das Unwetter wird noch stärker, immer mehr Blitze zucken in die Konstruktion, und auch Flemming wird getroffen. Für einen Moment scheint er einen Teil seiner Kraft zurückzugewinnen. Er richtet sich auf und beginnt, in Richtung Gipfel zu laufen. Dann ist die Sicht vollkommen weg. Alles ist weiß von Schnee. Nur der Steinregen geht weiter, und das früher so schön glänzende Metall ist mehr und mehr verbeult und löchrig. Flemming heult auf. Er erträgt das nicht mehr. Bis nach oben sind es nur noch rund 100 Meter.

Flemming kriecht weiter durch den Steinregen. Er sieht den Blitzableiter jetzt wieder, sonst nichts. Dann wird ihm erst schwarz, dann weiß vor Augen. Er hat nur noch zwanzig Meter vor sich. Zwanzig Meter gnadenloser Schmerzen. Flemming schießt wild in die Luft. Ein paar Vogelmenschen fallen brennend zu Boden, aber Flemming bekommt das nicht mit. Zehn Meter vor dem Blitzableiter sackt er erneut in den Schnee. Die Steine fallen weiter. Mit letzter Kraft wirft Flemming sich schließlich brüllend in Richtung Blitzableiter, bekommt den untersten Teil der dicken Kupferstange zu fassen und zieht sich langsam hoch. Dicke Wolken ballen sich über ihm zusammen und beginnen, sich wie von Geisterhand angetrieben schneller und schneller zu drehen. Die Sonne ist längst nicht mehr zu sehen. Nächtliches Dunkel breitet sich über den Berggipfel.

Flemming steht am höchsten Punkt des Mount Kopenhagen und klammert sich mit seinem verbliebenen Arm an den Blitzableiter. Über ihm zittern die schwarzen Wolken vor Energie. Plötzlich fallen keine Steine mehr. Flemmings Gesicht verzieht sich zu einer verrückten Fratze, und mit einem Mal beginnt er, wie ein Wahnsinniger zu lachen. Dann zuckt ein Blitz durch die Wolken, dann ein weiterer, sie scheinen hin und her geworfen zu werden, bis sie sich zu einer dicken, blauen Säule sammeln, die die Wolken mit dem Blitzableiter verbindet. Flemmings Lachen wird immer lauter. Ein kräftiges rotes Licht scheint aus seinen Augen, während die Vogelmenschen um ihn herum zu Boden stürzen. Die Blitzsäule wird immer dicker. Autos, Fahrräder, Dächer und anderes Metall aus der Gegend rollen den Berg hoch und rotieren über Flemmings Kopf in der Luft. Sein Lachen geht in einen Schrei über. Rauch quillt aus seinem metallenen Körper. Innerlich beginnt er zu brennen, dann schlagen Stichflammen aus seinem Mund. Das Metall schmilzt von innen, während die Blitzsäule dicker und dicker wird. Flemming beginnt, heftig zu zittern, dann explodiert etwas, und Tausende von Metallteilen schießen unter wahnsinnigem Lärm aus seinem Körper. Was zuvor durch die Luft rotiert ist, fällt zu Boden und rutscht den steilen Hang hinunter.

Flemmings Gesicht ist zur Hälfte weg, die Brust aufgeplatzt. Reste des Metallmannes sind mit dem Blitzableiter verschmolzen. Er sackt auf die Knie.

Als Letztes sieht Flemming, wie sich die Wolken langsam auflösen und blauer Himmel zum Vorschein kommt.

Dann steigen Hunderte von Engeln aus dem Himmel herab, um ihn nach Hause zu holen.

Die verbliebenen knochigen, dunklen Vogelmenschen landen rings um den Metallmann, der leblos im Schnee erstarrt ist. Niemand sagt ein Wort, alle starren ihn nur mit schwarzen, ausdruckslosen Augen an. Mehr als 100 Vogelmenschen liegen tot neben Flemming im rot gefärbten Schnee, und zwischen Tausenden von Pflastersteinen, die wie geheimnisvolle Zeichen im Schnee stecken, glitzert zerfetztes Metall.

Ove Ringgaard fährt in dem Jeep vor. Schon vom Wagen aus sieht er den Metallmann im Schnee knien. Vogelmenschen starren ihn an. Dann holt er sein Handy heraus und informiert den Generalstab, dass der Metallmann tot ist. Ove bittet die Ranger, ihn zu ihm zu tragen.

Der Metallmann ist mehr als drei Meter groß. In dem schwarzen Metall sind tiefe Dellen. Die kleine gelbe Kasse-1-Flagge flattert still im Wind. Der Himmel ist blau.

Die Engel tragen Flemming zwischen sich zu einer Wiese. Es ist Sommer. Auch seine kleine Schwester ist dort, mit seiner Mutter und seinem Vater. Sie ist drei Jahre alt. Er riecht ihren Duft, als sie ihn anlächelt und sagt: »*Flem – ming.*«

Flemming wird von einem berauschenden Glücksgefühl übermannt.

Ove bedankt sich bei einem zufällig vorbeikommenden Vogelmenschen, der ihn aber nicht zu verstehen scheint. Fernsehhelikopter kreisen am Himmel.

Da das wütende Treiben des Metallmannes den Medien nicht verborgen geblieben ist und der Vorfall folglich nicht mehr vertuscht werden kann, beschließt die Militärführung, alle Fakten offenzulegen. Als eine Art Konsequenz fasst man den Entschluss, Flemming als Mahnmal am Blitzableiter stehen zu lassen. Niemand scheint daran zu denken, dass irgendwo unter dem Metall die Leiche eines richtigen Menschen steckt.

Bei einem Unwetter, wenn die Blitze zahlreich in den Blitzableiter schlagen, kommt es vor, dass die Augen des Metallmannes kurz aufleuchten, und ist der Donner besonders laut, glauben manche, ein dröhnendes Lachen aus dem Metall zu vernehmen.

Der Metallmann wurde eine beliebte Attraktion, eine Art Wahrzeichen des Berges. Im Souvenirshop gab es Hunderte von Postkarten mit dem Metallmann als Motiv. Das populärste Bild war eine Nachtaufnahme. Man sieht darauf, wie ein Blitz in Flemming einschlägt, seine Augen rot aufleuchten und eine Stichflamme aus seinem Mund schießt.

Die zweihundertjährige Bauzeit des Mount Kopenhagen war aufgeteilt in unterschiedliche Phasen. Der unterste Teil des Berges verschlang mit Abstand die meiste Zeit. Nach knapp hundert Jahren ragte die Konstruktion gerade einmal hundert Meter in die Höhe. Bedingt durch den Umfang der Bautätigkeiten und die lange Konstruktionsperiode, wurde der Berg deshalb »eingeweiht«, bevor er wirklich fertig war. Bäume wuchsen auf dem unteren Teil von ganz allein und bildeten mit der Zeit eine natürliche, wilde Landschaft. Das Schmelzwasser floss ungehindert ab und ließ in den Senken kleine Seen entstehen, die schließlich zu dem umfassenden Delta wurden, das wir heute kennen. Kinder spielten auf dem riesigen Bauplatz – im Sommer im hohen Gras, im Winter auf den Rodelhängen. Verliebte Paare schlenderten über die Absperrungen und machten irgendwo im Grünen ihr Picknick. Auch den Tieren gefiel es, sie wurden immer zahlreicher. Besonders die Vögel genossen die weite, unberührte Landschaft. Als die letzte Schaufel Erde auf dem Berg festgeklopft wurde und die offizielle Einweihung vor der Tür stand, sah der Berg nicht mehr wie ein Neubau aus. Die Wälder waren tief, besiedelt von Millionen von Tieren.

Der Mount Kopenhagen ist ein Teil von Kopenhagen und der dänischen Geschichte geworden. Bücher und Filme spielen am Berg. Gemälde und Fotografien haben ihn als Motiv, besonders beliebt ist der Blick vom Ende der Frederiksberg Allé und der Langebro-Brücke aus; im Sommer, im Winter, aus der Luft und aus dem Weltraum. Unzählige Bilder zeigen aber auch die Aussicht vom Berg, die meisten in Richtung West- und Südseeland und nach Schweden. Aus 3.500 Metern Höhe wirkt Kopenhagen wie eine kleine, pulsierende Stadt. Der Øresund sieht von dort oben wie eine schmale Straße aus. Kinder schauen abends aus ihren Bettchen auf die blinkenden Flugwarnlampen auf dem Gipfel des Berges und tagsüber auf die Autos, deren Seitenspiegel das Sonnenlicht perfekt reflektieren und es wie einen kleinen leuchtenden Stern zurück in Richtung Berggipfel werfen. Generation um Generation wird den Berg besteigen, auf ihm nach unten rutschen, sich in ihm verlieren, hinauffahren, hinunter, auf ihm liegen, weinen, essen, sterben, sich irgendwo zwischen den Bäumen verstecken und von hoch oben in die Tiefe springen.

ANMERKUNGEN

Die Freude, einen Apfel zu essen ist inspiriert von Philippe Delerms Prosastück *Der erste Schluck Bier. Miniaturen* sowie von Shuntaro Tanikawas Gedicht *Besessen von Äpfeln.*
Diese Geschichte ist Las und Jeppe Nissen und dem Apfelbaum am Selsøvej gewidmet.

Der sprechende Mönch ist inspiriert von Italo Calvinos Roman *Cosmicomics.*

Kaspar Colling Nielsen, 1974 geboren, gilt als eine der eigenständigsten Stimmen der zeitgenössischen skandinavischen Literatur. Sämtliche seiner Bücher wurden für die wichtigsten dänischen Buchpreise nominiert. Für *Mount Copenhagen*, sein Debüt, erhielt er den renommierten Danske Bank First Book Award. Für sein literarisches Werk wurde Colling Nielsen 2014 mit dem Rune T. Kiddes Honorary Award und 2017 mit der Holberg Medal ausgezeichnet. Kaspar Colling Nielsen lebt in Kopenhagen, wo er neben seiner schriftstellerischen Arbeit an der Copenhagen Business School unterrichtet sowie als Redenschreiber für die dänische Regierung agiert.
Zuletzt bei Heyne Hardcore erschienen:
Der europäische Frühling.